图书在版编目(CIP)数据

童年有"道":我的黑带之路/张逸坤著. —北京:北京大学出版社,2016.10
ISBN 978-7-301-27600-6

Ⅰ. ①童… Ⅱ. ①张… Ⅲ. ①儿童文学—传记文学—中国—当代
Ⅳ. ①I287.59

中国版本图书馆 CIP 数据核字(2016)第 231608 号

书　　　名	童年有"道":我的黑带之路 Tongnian You "Dao"
著作责任者	张逸坤　著
策 划 编 辑	徐　音
责 任 编 辑	朱梅全　黄　蔚
标 准 书 号	ISBN 978-7-301-27600-6
出 版 发 行	北京大学出版社
地　　　址	北京市海淀区成府路 205 号　100871
网　　　址	http://www.pup.cn
电 子 信 箱	sdyy_2005@126.com
新 浪 微 博	@北京大学出版社
电　　　话	邮购部 62752015　发行部 62750672　编辑部 021-62071998
印 刷 者	北京中科印刷有限公司
经 销 者	新华书店
	730 毫米×980 毫米　16 开本　14.5 印张　彩插 5　175 千字 2016 年 10 月第 1 版　2016 年 10 月第 1 次印刷
定　　　价	39.00 元

未经许可,不得以任何方式复制或抄袭本书之部分或全部内容。
版权所有,侵权必究

举报电话: 010-62752024　电子信箱: fd@pup.pku.edu.cn
图书如有印装质量问题,请与出版部联系,电话: 010-62756370

找到一个目标，然后去努力超越。

表情拍得不太好,看姿势吧!

不服就来战!中国从来不缺人。

六年前的小不点白布丁一个。

松岛良一先生是国际空手道联盟的盟主。拍照时有点紧张,拍照后我想超越他!我们同一天生日说明了什么呢?

谁说打拳和读书是矛盾的?

蓝色腰带让人幸福。不是有多厉害,而是后面有了没我厉害的。

这味道很甜,也很咸。

赢了,只说明别人没练好。教练一直这样说。

大腿不仅比胳膊粗,也比胳膊长。锁住对手的进攻是反攻的开始。

高段腿,谁都想踢出来,谁也不想对手踢出来。

赛场上尊重对手的唯一方式就是奋力一搏。

为这么多人做全场表演，心里还是有点紧张的。

舞台的灯光有点眩，看不清台下观众的表情了。

没有找到麻省理工的空手道社团，他们建议我去创立一个。我不担心我的空手道水平，担心的是他们的招生政策。

中日文化交流活动。日本总领事在内的友好人士给予了掌声。

和成人一起训练才能使自己更成熟。

练脚筋。舍不得大腿上的iPad掉地上就得撑住！看看屏幕上的动作讲解，其实也忘记不了过程中的酸痛。但是，没办法。

这招叫作舍身技。其实用不了舍身，把头和脚颠倒过来就能劈打到对手的头了。

这叫喂拳。千百次的重复只是为了找到最适合的起腿距离。

要对得起教练的良苦用心,就是用拳头实现亲密接触。

没机会见识一下无影脚,但360度的腾空回旋踢我倒是练成了。

强壮自己,先从折磨自己开始。

蔡教练的笑容仿佛总在告诉我：我还得练！

高教练的笑容就是这样灿烂。每次拳脚打在他身上的时候他就会笑，打不到的时候反而不笑了……

居教练，你倒是笑一笑呀……

其实居教练笑起来挺好看的。

目视前方,心无杂念。一起来练吗?

请多指教。

序　一

张逸坤小朋友根据自己五年以来练习空手道的经历，写下这本书，我由衷地表示敬意。

我们 I. K. O. MATSUSHIMA 国际空手道联盟极真会馆，继承的是作为武道一种的空手道，面向下一代的青少年，作为人格培育的一部分，培育他们成为对社会有贡献的人才。

作为一种追求强大的方式，极真空手道不仅限于直接打击制，而是寻求真正的强大，并通过不松懈的日常修行进行探索。通过每天的努力，学会提高自己的人格修养，从而懂得根据自己的信念去进行社会活动的重要性。

空手道的修行可以贯穿整个人生。在当今社会里面，将作为一个人最重要的礼仪，使我们学会刚柔并济，并得以协调。

请时刻铭记在心：通过极真空手道，在世界范围内培养与伙伴之间的友谊，期待你成为一名为世界和平作出贡献的人。

I. K. O. MATSUSHIMA 国际空手道联盟极真会馆

总裁　松岛良一

序　二

  作为张逸坤同学六年以来的空手道教练，我对他印象深刻。他一直是个随和幽默、尊敬师长、踏实能干的学生。作为我们空手道大家庭中的一员，他多次代表会馆获得联盟级与全国级比赛的荣誉！而比这更难得的是他具有惊人的执着和毅力，从接触并喜爱这项运动开始，他就没有停止过对身心的修炼。他不但每周坚持来道场和成年人一起训练，而且平时晚上都能自觉进行数倍于他人的身体素质的练习。当其他同学在日复一日、年复一年枯燥重复的日常训练中退却、在比赛中因未获得预想的成绩而放弃时，他却保持着积极良好的心态和健康的体魄，通过不懈的锻炼树立了积极勇敢、直面挫折、不屈不挠的精神，这就是空手道的真谛！

  在长达六年多的空手道修行中，他逐步由先受兴趣爱好引导而后建立起自信，培养了荣誉感和责任感，树立了积极向上的心态，完善了坚韧不拔的意志，多次在各项大赛中斩获优异的成绩。并且能不骄不躁，秉持感恩的心情对待师长和成绩，这足以证明他具有极大的潜力和顽强的意志。

  他在日记中记录了自己成长的历程，从一个懵懂嬉戏的幼童成长为道场中有责任有担当的男子汉！他为了达成心中的目标付出了极大的努力，坚持、拼搏最终取得优秀的成绩，这是我最为欣赏的！纵览此书，仿佛我也与他一起重温了这些年来的风风雨雨，训练时一起的挥汗如雨，比赛胜利时一同的欣喜荣耀。

张逸坤同学在 11 岁时就能顺利通过国际空手道联盟的黑带考核实属少见，这是对他身上那股顽强意志力的自然表彰，实至名归。作为他的教练员，我感到欣慰和荣耀！

我相信他在不断地成长过程中会变得更加出色，并担当起更大的责任和使命。

正如他书中所言，"这不是结束，这只是开始！"

国际空手道联盟极真会馆中国上海支部长
蔡子龙

2015 年 9 月 6 日　黑带考核
（代自序）

今天对我来说是个重要的日子。

早上起来时就感觉到每一根血管都像打了鸡血一样。

五年了，从菜鸟开始一直打到冠军，从白布丁开始，一次又一次，一天又一天的训练，经历了橙带、蓝带、黄带、绿带、褐带，今天，我要考黑带了！

直到中午十二点半到达考场之前，我的大脑好像都是空荡的，也不知道自己早饭和午饭吃的是什么，满脑子都是考核内容：三十九套拳路、两个小时的体能加技巧、十个对手的组手实战，全程六七个小时的考核时间。想想都快疯了！但是不行，我不能疯，更不能挂，我要通过。为了这一天，我坚持了五年了，我要告诉自己，我很强！

下午一点，考核准时开始。

持有国际空手道联盟考官执照的四位教练员在考核座位上坐下，那目光真的像传说中的刀锋，看得我小心脏砰砰直跳，"去看别人别看我"的想法不停地闪现在我的脑海。但是没用，我感觉他们是盯上我了！好吧，拼了！

我很庆幸自己已不是五年前的那个我了，五年来的汗水也不是白流的，我这样鼓励自己，顺便看了一眼站在我边上的曹大师兄，仿佛他硕大的体型也能给我一丝鼓励似的。他快三十岁了，别看他有点胖，这丝毫不影响他敏捷的身手，相反，他以拳重力沉闻名，好多人都害怕挨他的拳。今天他和我一起考试，不过人家考的是黑带三段，因为前面大部分考核内容一致，所以和黑带初段排在一起考核。

拳路考核开始。空手道的拳路，称为"型手"，俗称"套路"，是通过每一个动作的连贯变化，使身体各部位舒展开来。跟中国武术不同的是，它的每一个动作都是充满着进攻和防守的快节奏，过渡性的动作很少，每一次挥空拳和隔空踢，实际都是在假想敌人处在不同位置的攻击而设计演化出来的，所以很多人都认为空手道是实战的格斗术，尤其极真流派。

还好，三个多小时顺利过去了，我都佩服自己竟然真的完全记住了这些套路，并连续地演绎了出来，也没有出错，真的！看来我是真的具备了"用脑子打拳"的基础了。非常感谢曹大师兄先前给我的应试诀窍，"不要用全力打套路，后面需要体力的活儿多着呢，套路能打得符合标准就行，不用傻呼呼地抡拳抡出风声来"，哈哈，受教了！

接下来允许喝口水，但不允许休息，体能和技巧考核接着开始。往返跑、倒立行走、俯卧撑等等，终于明白为什么教练平时总提醒我们要加强体能训练了，原来今天在这里等着我们呢。好在大家都挺过来了，因为平时大家这样训练时是抱着玩的心态做的，心里有乐趣，做起来好像就轻松了不少。

好了，不轻松的考核内容终于来了，十个对手的组手实战！连着打十个人，而且都是褐带级别以上的对手，不能输，不能累趴下，进攻和防守的动作都要清晰到位。

好吧，拼了！

过程是怎样已记不清了，反正我只记得十个人打完后我还不停地问监考官，还有吗，还有吗？不是我特能打，而是刹车刹不住了，看到人就想上去挥拳踢腿，快疯了，真的差不多了！

好在我离疯还差一点点，只是累坏了。

当监考官宣布我考核通过的时候，我长长地舒了一口气，久久坐在地上不想起来了，原先考核完毕后要好好吃一顿的想法早已忘得干干净净了。

回家路上，妈妈可高兴了，说是要好好奖励我一下。她专心开着车，竟没发现我睡着了。

我真的睡着了，开心地睡着了，还在车上做了好多梦，梦见五年前的我，梦见这些年学习空手道的点点滴滴……

目录

001—026

2010年 那年我6岁

027—060

2011年 我喜欢上了空手道

061—110

2012年 我慢慢长大了

111—162
2013年 空手道的感觉

163—200
2014年 空手道的节奏

201—220
2015年 黑带初段

221—222
跋

2010年 那年我6岁

1　五年前的那个暑假

放暑假了，我去围棋班下围棋的次数比平时多了一点。

前几天围棋班来了一位新学员，叫栋栋。他长得虎头虎脑，头发根根竖在他大大的脑袋上，远远望去就像一只刺猬，他的身体却是瘦瘦的，我们送了他一个绰号——棒棒糖。老师安排他和我做对手，他下棋很认真，每走一步都会仔细思考，有时候我真有点受不了他。

可是一到了下课，他马上又像换了一个人，特别是他爸爸在的时候，他会对着他爸爸"拳打脚踢"，而他爸爸却一副心甘情愿的样子。我奇怪地对栋栋说："你怎么能对爸爸这个样子呢？"没想到他爸爸却满不在乎地对我说："没事，他在练习空手道呢！""啊，是空手道啊。"我有点好奇地想。也是，栋栋刚才打的时候不像是一阵乱打，而是非常有规律的两拳一脚，有板有眼的。

我想：如果我也会空手道就好了，到那时肯定没人敢欺负我了！可是又低头瞧瞧自己的小身板，我能行吗？

回到家，我对妈妈说："妈妈，我也想和栋栋一样去练空手道，这样以后就没人敢打我了，不仅能强身健体，而且还能保护你。""好呀，你想练就去练吧！"妈妈说，"不过你可要想清楚了，练武可是很辛苦的，而且一旦开始了,我就不希望听到你放弃的想法,你能做到坚持不放弃吗?"听到妈妈同意的语气,我连忙不加思考地说:"行,一定不放弃!"我高兴得跳了起来,"耶!太好了",差点把家里的围棋盘给踢翻了。

其实我想去练空手道还有一个妈妈不知道的原因:我又有了一个和栋栋一起玩的机会了。

2　第一次见识空手道

终于盼来了星期五。

我来到了事先和栋栋约好的位于虹桥路上的克拉克道场。还没进道场，就看到许多穿着道服的小朋友在一起打打闹闹，从二楼的道场里还不时传来一阵阵的笑声。我连忙加快脚步跑到二楼。

栋栋已经穿好了道服在门口等我了，只见他的腰间还系了根蓝色的带子，别提多帅了！我真羡慕。

栋栋拉着我来到一位姐姐的面前说："这是我姐姐。"不得了了，他姐姐居然是黄色腰带阿，好厉害！我不好意思地对他姐姐点了点头。

我看了看四周，只见道场内窗明几净，正前方有两块很大的落地镜子，左右两边都有练功用的把手，后面的木架子里有许多的瑜伽球，有学员拿着瑜伽球在玩……这时，我发现还有一个人在一边默默地练习，腰间系着一根绿带。他的动作真漂亮！我问栋栋："他是谁啊？"栋栋有点夸张地说："他是我们这边套路最厉害的，叫陆家明。"我点了点头，看着他潇洒的动作，我又是一阵羡慕：哎，什么时候能像他一样啊！

这时，走进来两位教练：一位高高瘦瘦的，留着寸头，戴着一副眼镜，腰间居然系着根黑带，上面还有四根金黄色的横杠，据说他就是初心会馆的馆长蔡子龙教练。紧跟在他后面的是一位身材魁梧的年轻教练，腰间则系着一根发了白的黑带一杠的带子，一看就知道这根带子已经系了好多年了，他就是高旭凌教练。

训练开始了，学员们很快安静下来，并排好了队伍，因为我是第一次来试训，所以没穿道服，排在了队伍的最后面。行礼之后，他们像武士那样盘腿而坐，嘴里叽里咕噜的不知道在说什么，估计是在说空手道的道场训吧。

接着，学员们就进行了准备活动和一些基本的动作训练，我根本跟不上他们的节奏，但还是觉得蛮开心的。一节训练课很快就在"打打闹闹"中结束了，我连忙跑到蔡教练跟前，说："教练，我想好了，我要练习空手道。"蔡教练笑了笑说："真想好了?""嗯，我一定会好好练习的。"我信心满满地回答道。

于是，蔡教练给我发了一套崭新的道服，里面躺着一根白色的腰带。

3 训练开始了

今天天气异常的闷热,但是我还是在家里就迫不及待地换上了妈妈帮我洗好的空手道道服,没想到这道服硬邦邦的,非常厚,带子怎么也系不好,只好打了个死结。还没出家门,我就已经大汗淋漓了。

走出家门,小区里也没几个人,估计都躲在家里了。碰到了三楼朋友的外公,他十分惊奇地对我说:"了了(我的小名),这么大热的天,你去哪里呀?"随后,他看了看我身上的道服,一副明白的样子说:"噢,原来你去练跆拳道了。"我急忙纠正他说:"不是跆拳道,是空手道。"我朝他挥了挥手,和他说再见。

走进道场,大概是天气太热的缘故吧,来训练的人明显比上次少多了。虽然在道场的一角有一台很大的空调,但教练不许开,空调几乎成了摆设。我穿着又厚又硬的道服问教练为什么道服是这样的,教练耐心地对我说:"那是因为在对抗中能保护自己减少受伤,再说练习空手道的人这点热就受不了了吗?"我耸了耸肩,看了看一身笨重的"盔甲",自言自语道:"但愿我不会中暑吧。"

训练开始了,我知道了原来排队也是有讲究的。空手道是按照级别的高低进行整队的,毫无疑问我排在了队伍的最后一排的最左边,而陆同学因为是绿带，在这个道场级别是最高的，所以排在了第一排的最右边。我心想：什么时候我也能站在陆同学的位置上就好了，不过这个想法很快就被我否定了，想想也不大可能。

今天我们练习了一些基本的动作，例如：骑马力正拳、前抬膝、前踢、低段的横踢，还有体能训练：俯卧撑、仰卧起坐、跳绳。我头上的汗就没停过。终于开始分组训练，蓝带和蓝带以下级别的跟高教练训练，其他人跟蔡教练训练。我暗暗高兴：栋栋是蓝带，我们可以一起玩了！还没等我高兴完，就听到高教练说："这里是训练馆，不是小菜场，你们要想九月份考级别带的话，就要认真训练，不然是不可能给你考试的。"听了高教练的话，我们都不说话了。

高教练教了我们最基本的套路：太极手技一和太极足技一。我根本就记不住，只记得和我们平时的走路姿势不大一样，空手道的姿势是同手同脚，就是你上左脚就出左手，你上右脚就出右手。总觉得动作好怪，非常不习惯，而且转身的幅度很大，还经常转错方向。我的第一节训练课就在晕头转向中结束了。

4　男女的差别

　　天气依然很热，我真有点不想去练空手道了，但想起上次已经答应栋栋今天要去的，哎！

　　我咬咬牙，还是去了空手道馆，一路上只有知了在树上不停地叫着。

　　走进道场，还真没几个人。栋栋也是一副无精打采的样子，看到我只是象征性地举了举手。这时，一个亲切的声音在我耳边响起："小帅哥，过来，你带子系得不对，我来帮你系一下吧。"他就是套路打得一级棒的陆师哥的爸爸。

　　我好奇地问陆爸："陆师哥是什么时候开始学习空手道的呀？"陆爸说："大概是幼儿园小班的时候就开始学的，不过你现在这个时候学正好，他练习得太早，那时教练很多的指令他都听不懂的。""噢，不过他现在都已经是绿带了，好厉害！"我一脸崇拜地说。"这有什么啦，只要你坚持，不出三年也会升到绿带的。"陆爸好像对我非常有信心。

　　上课了，今天蔡教练特别跟我们讲了空手道的礼仪和行为规范，比如：学员之间的见面、问好，学员和教练之间的见面、问好，行礼都要说"OSU"，并作出行礼的动作；跪坐的时候，左腿先跪坐，然后右腿再跪坐，起来的时候，是右腿先站起来，然后再左腿起来；男生两腿分开两拳的距离，女生则两腿并拢，跪坐的时候要挺胸，两手握拳放在大腿两侧等等。

　　蔡教练说完之后我们就练习了跪坐，我想：这么简单的动作有什么好练的。正当我不以为然的时候，只听到蔡教练大吼一声："张逸坤，你是男的还是女的？"我疑惑地看了看我的双腿，哎呀，怎么没有分开一点呢，我连忙将两腿分开一点，并挺了挺胸，但还是被其他人笑了去。"有什么可笑的？都检查一下自己是不是搞错性别了。"蔡教练道。我还是第一次看见蔡教练这么凶。

　　接着，我们又像前几次课一样进行了体能和基本动作的训练。然后，继续跟着高教练练习套路，今天的套路我练起来好像有点感觉了，至少能"同脚同手"了，而且转身的方向也有点明白了。

5 战高温

今天据说是徐家汇有气象记录以来同期温度最高的一天，我真有点不想去，但又怕妈妈说我没恒心，还是去了。哇，今天路上好空啊，没几分钟就到了道场，和我预料的一样，今天来训练的也没几个人，我们可以享受 VIP 待遇了。

我还是没学会如何系带子，只好硬着头皮跑到陆师哥爸爸的面前请他教我。只见他熟练地将带子在我的腰间绕了两圈，将带子的一端从带子下面穿了上来，很快一个漂亮的结就打好了，他还不忘嘲笑了我一番："小帅哥，你可真瘦，练了空手道以后，回家可要多吃一点，像你这种小身板练到后面可要吃亏的。"我一脸无辜，谁说我不吃饭的呀，没办法，就是长不胖呗。

今天我们练习了低段横踢，看着蔡教练做示范动作，觉得真是太简单了，可没想到等到我们练的时候，人根本就没办法站稳，大家东倒西歪的，只有陆师哥做得做好。做了几个以后好不容易稍微好一点了，动作又不对，要先收脚才能把脚放下来，就这样一个动作练了好久。

分组训练的时候，只有我和另外的一个白带学员跟高教练练习。栋栋今天也没来。虽然只有两个人，但还真不错，高教练有空手把手地教我了，如何站立、冲拳、抬脚、转身……终于我可以把太极手技一的套路记下来了，很开心。接着练习太极足技一，很快我就发现足技和手技差不多，只不过一个是出手而一个是出脚。

  我暗自得意：九月份的橙带考试应该没问题了，到时候我就能换带子了！

6　获准考级

马上要开学了，开学以后，我就是一个小学生了。

今天道馆里的人明显多起来了，原来好多外国学员都回来了，出去旅游的学员也回来了，看来我的 VIP 待遇也没有了。

栋栋偷偷地跑到我边上，神秘地对我说："你知道今天谁要来吗？"我疑惑地对他说："除了老队员，还有谁呀？"栋栋说："告诉你吧，今天我们这里的少年黑带杭师哥要来，他可厉害了，套路和实战都厉害，已经是全国双料冠军了。"哇，没想到这里的人一个比一个厉害。

训练开始了，不出所料杭师哥排在了第一排的最右边，而陆师哥也只能排在他的左边了，我还是排在了队伍的最后一排。我忽然发现在我的左边又来了个新学员，小小的个子，看上去比我还小，是个外国人。他好像听不懂教练的话，老是一个人在旁边自说自话，动作也做得十分夸张，引得我老想笑。训练结束后，才知道他叫 Oliver，来自西班牙。

今天蔡教练还宣布 9 月 11 日下午有考级考试，暑假里没有参加训练的学员不能考。我连忙举手问："蔡教练，我可以参加考级吗？暑假里我差不多每次都来的。"蔡教练看了看我说："虽然你训练没有满三个月，但是暑假里你还是蛮认真的，你来考吧。"

"耶!"我欢呼起来,我有资格参加考试了。

训练结束后,栋栋走到我跟前说:"怎么样,考级有把握吗?"我说:"应该还可以吧,就是有几个动作老搞错。"栋栋又靠近了我一步,说:"放心吧,一般教练同意你考级就没问题,只要考试的时候不犯大的错误。""噢,谢谢你告诉我这个秘密。"看着他一副倚老卖老的样子,我直觉得好笑。

"我会努力的。"我这样对自己说。

7 第一次看到居教练

今天是考级的日子，下午我早早地来到了克拉克道场，换好了道服。我总算学会了系带子，虽然比较难看，可妈妈却对我说："你真聪明，没几次就会系带子了，不错。"也不知妈妈说的是不是真心话。

考试的场地设在了二楼的篮球场，门口已经有许多学员了，很大一部分不是我们道场的，估计是别的道场也到我们这边来考级吧。他们有的在闲聊，有低级别的在向高级别的请教，还有的在做热身运动。

这时，风风火火地走进来一位教练，穿着道服，腰间也系着根黑带四杠的腰带，背着一个白色的背包，上面写着"极真会馆"四个字。他中等身材，身型魁梧，两眼炯炯有神，不停地和高级别的学员行礼，一边说着"OSU！"一边走进了篮球场。

我好奇地问站在一边的陆爸他是谁。"这人你不认识吗？他就是居教练，以严酷出名，带出了好几个第一名呢，名副其实的冠军教练！"陆爸兴奋地说。"他看上去好像很凶的样子嘛，我可不敢去他那里。"我小心地说。

考试是按照级别高低开始的，白带先考。于是我和另外一些白带学员首先进了考场，其他的学员在外面候场，家长也不能进入。

进入考场，只见正前方摆着几张大桌子，有四名考官坐在那里，其中两位和刚才的居教练一样长得比较凶悍。我一下子就紧张了起来，心怦怦直跳。

台上考官好像在说着什么考级的注意事项，我一个字也没听进去。过了一会儿，好一点了，我们先做了基本的动作，然后考了体能，最后就是套路。听见考官说："太极手技一"我连忙开始，还好，手技一我顺利地打完了。当考到足技一的时候，我一个转身好像转错了方向，完蛋了，会不会不合格呀。

回家的路上，妈妈问我怎么样，我说还行吧，其实我自己知道考得并不怎么样，我的脑袋瓜晕晕的。

8 十级橙色腰带

今天要公布考级的结果了,我究竟能不能考上橙带呢?想起栋栋的话,低级别的考级以鼓励为主,何况我只错了一个,应该问题不大吧。就这样,我怀着忐忑的心情来到了道场。

到了道场,我换上了"桑拿装",想着马上要换带了,所以就没有系上我的白带。

只见蔡教练拿着一个很大的蓝色塑料袋走了进来,不用说里面肯定是级别带。蔡教练看见我没系带子,说:"你对自己这么有信心可以升级吗?快去系好带子!"我只好心不甘情不愿地跑到更衣室重新系好了带子。

在完成一组体能训练后,蔡教练开始发带子了,看着边上参加考级的学员一个个都点到了名,上去拿到了崭新的级别带,看着蓝色袋子里的级别带越来越少,我的心开始怦怦直跳,不淡定了,怎么还不叫到我的名字呢?眼看只剩下一根带子了,我想:这次肯定完蛋了。

这时只听见蔡教练说:"张逸坤!"我连忙站起来,行了礼,走上前去,心里的一块大石头总算落了地,不过还是紧张。

蔡教练接着大声说道:"张逸坤同学经过努力,考试合格,由无级升十级,大家掌声鼓励!"

听着大家的掌声，我双手接过橙带，心跳得快要出来了。我背对着大家换好了橙带，转过身对大家行礼，说了声："OSU！"然后快速跑到了我原先的位子坐下，手还不停地摸着新带子。

这时，蔡教练又说："这次考级大家表现都不错，希望在以后的训练中大家要更加努力。"

接着进行了分组训练，高教练教了我们新的套路：太极手技二和足技二，没一会儿，训练就结束了。

一下课，我就连忙跑到妈妈身边，给她看我腰间的新带子，妈妈看了直点头，说："不错，你要继续努力，什么时候系个黑带就好了。"我心想：妈妈你也太过分了吧，黑带是说系就能系的吗？

不过黑带可真牛，上面还绣名字，听说名字还是在日本的总部绣的。

9 开始打靶了

十月的天气依然很热,但比暑假的时候已经好了很多。由于国庆期间我去了北京,所以上一次的训练我没参加,不知道他们有没有学习新的内容。一路上,我一直注视着我的新橙带,心想:最近会不会有新来的学员呢?如果有的话就好了,我就可以不用排在最后一位了。

来到道场,我想等一下碰到栋栋要给他看看我的新带子,还没等我想好,就被身后的人撞了一下。一看是栋栋,吓了我一大跳!栋栋笑着对我说:"怎么样,上次考级通过了,高兴吧。""那当然!"我上前勾住了他的肩,说:"我上次没来,你们有没有学新的东西呀?"

还没等栋栋回答我,只听到两个字"整队!"我和栋栋赶紧跑过去,按级别高低排队。我惊喜地发现,这次我真的不是排在最后一个了,在我的后面排着好几个白带学员。

由于已经是橙带学员了,根据要求,除了套路之外,我还要开始实战的对抗训练,也就是所谓的"对打"训练,这对于"文质彬彬"的我来说实在是一个很大的考验。

还好,现在只是打靶训练,不是真的打在身上。我们两人一组,一个学员拿靶,还有一个打,要求是两拳一腿,打在一个点上。和我做对手的也是一个刚刚考上橙带的学员,我们两人商量好都打得轻一点,反正教练也不会一直盯着我们两个人看的。

  一组下来,只看到前面高级别的学员已经累得满头大汗了,我和我的对手相视一笑,训练就在我们的"耍赖"中结束了。

10 开始手痒了

秋高气爽,天气越来越凉快了。我觉得这种天气去练习空手道正好。下课回家,换上了道服,兴冲冲地向电梯跑去。一下电梯,又遇到了三楼朋友的外公。"了了,今天又去打拳呀?"说着,往我身上的级别带看去,"不错嘛,腰带换颜色啦。来,和外公比试一下!"我连忙说:"好呀!"于是,我们就在大堂进行了一场"对决"。

"比赛"开始了,我一个跨步来到了外公的面前,紧接着"咚咚"两拳正往外公的胸部和腹部进行攻击,没想到外公一闪,两拳打空了,还没等我反应过来,外公就是一腿,踢在了我的小腿上,哎呀,我"中招"了,腿部传来一阵微微的疼痛。我不甘示弱,马上也给了外公一腿,只听外公"哇"地叫了一声,我想这下坏了,把外公踢伤了,可是我没觉得我用了很大的力气呀,但还是紧张地问:"外公,你没事吧?"没想到外公摸了摸我的头,笑了笑对我说:"没事没事,看样子你学得不错,不过做任何事都要持之以恒,不能中途放弃哦!"我点了点头,说:"那当然,现在我要走了,再见。"

也许是刚刚和外公较量没有尽兴的缘故吧,到了道场,一看栋栋已经来了,就迫不及待地想和他再比划比划。于是,我们就开始"打"了起来。我俩你来我往，谁也不吃亏，没想到忽然栋栋一记勾拳打在了我的肚子上，让我一下子有点发闷，正当我想再上前反击的时候，只听到有人大喝一声："都在干什么呢？整队！"原来是蔡教练来了，大家急忙整好队伍。我心想：这下坏了，蔡教练肯定要训我了。

只听蔡教练说："我们的道场训中说得很明白了：我们要尊师重道，举止有礼，不可有耀武扬威之心。而且在道场里，除非有教练在场，其他时间禁止互相打闹，禁止有身体接触。大家听明白了吗？以后再有这种情况发生，全体一起做俯卧撑三十个！"

"OSU！"大家一起大声回答。我和栋栋相互作了一个鬼脸，相视一笑。

11 栋栋的小意外

今天好冷，但是我却不觉得，知道为什么吗？因为我今天要参加九级橙带一杠的考核，整个人热血沸腾的。

有了上一次考级的经验，我知道考场门口有一个小型的滑滑梯，于是和栋栋约好要去那边玩。没想到我到的时候已经有好多队员在玩了，我顾不上换道服，也加入他们的阵营，没一会儿就玩得满头大汗，人也越来越多了。正当我还想爬上滑滑梯的最高处时，只听到"啊呀"的惨叫声，"不好了！"我心想，"肯定是谁不小心踩到了别人的手了"，我赶紧从滑滑梯上跳了下来，只看到栋栋涨红了脸，使劲地甩着自己的手，"没事吧？"我看着他痛苦的神情，关心地问道。没等栋栋回答，栋栋爸爸已经跑了过来，"没事，没事"，他一边说，一边帮栋栋查看他受伤的手。这时高教练走了过来，拍了拍我的脑袋说："还不赶紧去换衣服？马上就轮到你了。"虽然我很担心栋栋的手，但我还是去换道服了。

这次考试跟上次考十级的时候有点不一样，套路的考核也多了，考官一开始就提醒大家："各位学员，考核时动作要做到位，请注意你们的节奏，不要受旁边学员的影响而打乱自己的步骤，听明白了吗？"

随着考官一声令下，考核开始。

说来也奇怪，这次好像没有上次那么紧张了，教练教我的套路我一个都没打错，而且体能考核的时候也不觉得累，好像没什么感觉，考核就结束了。

走出考场，看到栋栋，他的手已经不疼了，他很关心地问我："考得怎么样啦？""没问题，很好！"我开心地回答他。"快点换好衣服，一会儿出去当心着凉。"栋栋的爸爸提醒我。

坐在车上，我打开了车窗。妈妈奇怪地问道："你不冷吗？""不冷啊！我今天肯定能通过，因为我一个动作都没打错！"

"好的，那先提前恭喜你吧，继续努力，现在才九级哦，离黑带的距离还远着呢，加油！"

又来了，那是多遥远的事啊！

12　圣诞夜的厕所

今天是圣诞夜，我没有和其他人一样去吃圣诞大餐，而是来到道场进行训练。我不出意外地拿到了九级橙带一杠，系上新带子的时候我高兴极了，教练看上去像圣诞老人一样。

可是训练开始之后，我就怎么也高兴不起来了。因为训练是那么的枯燥和乏味，套路还是那么几套，也不教新的套路；还要进行我最不喜欢的体能训练。我懒洋洋地比划着已经熟记在心的太极，一边看着站在我边上的栋栋，我对他眨了眨眼，他马上心领神会地点了点头。

于是我们双双举了举手，示意要去上厕所。得到教练的首肯后，我们跳着跑向厕所，真是太有成就感了，不仅瞒过了教练偷溜了出来，还可以和栋栋在厕所里玩一会儿。

正当我们俩在厕所大聊特聊的时候，Oliver也进来了，他用生硬的中文大声地说："你们俩在这里玩呀，怎么不带上我？""嘘！"我赶紧上前捂住了他的嘴巴，"小声点，你要害死我们呀？""知道，知道！"Oliver连忙点了点头。

差不多10分钟以后，我们陆陆续续地回到了训练场。虽然觉得教练用了一种奇怪的眼神看了我们一眼，不过也没说什么，我暗自庆幸。

训练结束了,刚想换衣服回家,只听高教练说:"刚才去上厕所的人留下,绕场跑五圈,俯卧撑三十个。"

我一下子就傻了,不会吧,教练你也太狠了!我怎么有种偷鸡不成蚀把米的感觉呢!

2011年 我喜欢上了空手道

13 变形金刚的相伴

今天的气温降至冰点,上海显得格外的冷,天灰蒙蒙的,不知怎么心里也是灰蒙蒙的。凛冽的寒风不停地抽打着我的脸,冷得我直跺脚。今天晚上又有训练课,可我真的是不想去道场训练。

下午在家,我拿出了我心爱的玩具变形金刚。我随意地摆弄着他们的部件,就可以从一辆普普通通的卡车变成机器人。我一边不厌其烦地把他们变过来,变过去,一边想象着他们的故事。变形金刚中有好的,也有坏的:汽车人是正义的,他们保卫着地球;霸天虎是邪恶的,他们想要摧毁世界。于是汽车人和霸天虎互相战斗,而最终肯定是正义战胜邪恶。

每每"汽车人变形"的声音在我耳边响起的时候,我就觉得充满了力量,恨不得和汽车人一起变形。也不知道为什么,我的脑海里突然想到了极真空手道创始人大山倍达说过的一句话:没有正义的力量就是暴力,同样,没有力量的正义就是幻想。以前蔡教练也说过:我们之所以练习空手道,初衷虽然是想强身健体,但还有比这个更重要的就是学会敢于面对任何困难和阻力。

"今天是很冷,但这能成为不去训练的理由吗?"我这样问自己。

晚上,我还是按计划去了道场,不过我偷偷带上了我的汽车人,希望它能带给我正义的力量。

很奇怪,晚上没有觉得冷。

14 变成豆腐了

好多人都是考试之前很紧张,考完了之后就轻松了,不太明白他们瞎紧张什么?如果平时学习没问题的话,考试怕什么呢?这不,期末考试结束后,不少同学都开始去校外补课了。听不少同学的家长说,现在读书都需要外面补课,这样基础就扎实。妈妈也开始给我在校外找补课了。其实就是把上课老师教的内容再来一遍,然后再教点我们不懂的内容。大家一会儿高兴,以为自己都懂了,一会儿紧张,什么也不懂,云里雾里的。

今天补完课后就来到道场继续训练。

蔡教练说:"大家考试都已结束,放寒假了,也快要过年了,会有不少学员要外出,所以过年前还有两次正常训练,如果要外出的,可以事先到我这里讲一下,我把需要在家练习的动作提前给你们讲,不外出的,可以按节假日的训练表到道场来照常训练。"

"蔡教练真是用功啊,放假了也不外出旅游啥的,难怪他的功夫这么厉害,原来是有原因的。"我一边听着蔡教练说话,一边在心里这样想着。

从考到九级橙带一杠开始,我好像对空手道有点感觉了。每次站在队伍里跟着教练打挥空拳的时候特别卖力,倒不是怕教练说我偷懒,而是怕后面的十级或者无级别白带学员以为我笨,我可不想让那些后面的学员以为我的九级水平是浪得虚名的。

这不，教练又在前面对着后面的学员隔空喊话了："看看清楚，怎么打的，看看前面的学员，注意手势的高低，注意速度，喊出声音来！"

也许是为了给后面的学员做个榜样，我有点太卖力了，中间休息的时候发觉自己的胳膊有点酸痛的感觉。

栋栋跑过来勾住我肩膀说话的时候，我说："拜托，别碰我胳膊行吗？"

栋栋一脸奇怪，问道："怎么啦，今天变成豆腐啦？"然后又故意地捏了我的胳膊。唉，怎么这样啊，真是要命！

大概看到我真的很痛苦的样子，栋栋也觉得不好意思了，连忙拿出带来的脉动请我喝。我说谢谢啦，我不喝这类饮料的，就喝水。

其实我是挺想喝的，只是妈妈一直不让我喝这种饮料，算了吧，等到过年的时候再申请破例喝喝吧。

15　我爬，爬，爬……

马上就要到春节了，好多学员都请假外出不来训练了。但是上次听了蔡教练始终坚持训练的话以后，我就想我也要跟蔡教练一样，坚持训练，这样才能成为像他一样的高手。

蔡教练今天特意表扬了我们这些坚持来训练的队员，他说："拳不离手，曲不离口。只有千百次的训练，才能使我们的动作更加到位。克服放假游玩的诱惑，静下心来练习空手道，是我们追求极真武道必须达成的毅力，今天大家能来，很好，稍后都有奖励！"

和外面大街上到处挂着灯笼红红火火的样子不一样，道场里跟平时没什么两样，大家一如既往地训练，响亮的喊声好像要把屋顶震塌下来一样。

休息的时候，大家都很关心地问今天有什么奖励，蔡教练微笑地说道："好的，两个队员一组，我来教你们一个新游戏。"

啊？玩游戏啊！这可是蔡教练的课程里难得有的内容啊，怪不得这也算奖励了！

我们六七个队员两两分组，然后蔡教练和另外一个比较壮实的队员一组示范：一个队员原地蹲下，两手撑地，由另外一个队员两手抓住他的脚踝，就这样配合着往前爬，然后配对比赛，看哪组队员先到达终点，中间如果有谁脚跑得太快而爬的队员手势跟不上掉下来的，就算输了。

一声哨令，比赛开始。道场里一下子沸腾了起来，"加油""加油"的喊声再一次像要把屋顶震塌下来的样子，连一直在场外的家长们也跑到场子里来加油助威了。

我的个子比较瘦小，自然就跟合作的队员说好先趴在地上往前爬。我感觉自己兴奋极了，好像比吃顿比萨还要高兴的样子，飞快地用两只手向前"飞奔"着。

达到边线后，按规则交换角色再爬回来。哇，这下子突然感觉上当了！刚才自己爬的时候已经花了全部的手臂力量，现在连队友的两腿也提不动了。"你也太重了吧！"我不禁大声喊道。队友可不管我这一套，喊着"你快点呀"，催促着我。"呀！"我大喊一声，硬是提起了队友的两腿，开始拼命地向前推。

队友爬得快极了，我感觉到好像越快越省力，于是又发出"呀"的呼喊声。

比赛结束了，虽然不是第一名，但也不是最后一名。虽然队友还在说："你怎么推我这么慢啊？"但我已经很开心了。

训练结束整队了，蔡教练说："这个游戏告诉我们两件事：第一、队友之间要学会互相体谅互相照顾；第二、手臂的力量很重要，练习空手道必须要练习手臂的力量，这不仅仅是力量的问题，更是我们意志力的问题，希望大家在春节期间休息的时候也别忘了练习俯卧撑。"

原来这样啊，这到底是游戏呢还是训练啊？

16　我甩，我晕！

今天是春节过后的第一次训练。

春节的时候跟着妈妈去了夏威夷度假，由于刚刚回来，时差还没倒回来，所以妈妈很体贴地问我要不要去训练，我说当然要去啊，你们不是说练习空手道要坚持的吗？

来到道场，大家见面格外的高兴，无论是队员还是陪着来的家长们，彼此都说着"新年好，新年好"的问候，还鼓励我们说："大家都大了一岁了，水平也要进步哦！"

大家陆续换了道服，一边等着教练，一边玩耍，还问了春节都玩了哪些好玩的。

我说夏威夷土著居民很有水平，"他们会甩火盆哦，就是用一根链子连着两个铁盆的底部，盆子里点燃了火，然后抓住链子的中间甩起来，火盆里的火不会甩出来烧到人的，在夜空里看起来又快又好看。"

我一边说着，一边比划着夏威夷土著居民的动作。然后有个队员就说："这里没有火盆，只有人，要不我们甩人吧！"

好！马上就有人跟着说同意。于是，一个子大的队员就抓住一个小个子队员想甩。小个子队员开始逃跑并说着"不行！"然后那个大个子队员就去追他,感觉非要抓住他甩一把一样。

"大家新年好!OSU!"伴随着一声响亮的问候,蔡教练和高教练同时来到了道场。那个小个子队员总算遇到救星了。

整队!两位教练换好道服后迅速召集大家开始了训练。

蔡教练说道:"感谢大家去年一年的坚持,我们的空手道训练也迎来了新的一年,过了年,大家都长大一岁了,希望大家的能力也随着新年的到来更进一步。"

接着他又说道:"去年,我们道场的学员都取得了不错的进步,不少学员通过参加比赛很好地锻炼了自己的能力,取得的奖牌数也明显比上一年更好,在这里,我要祝贺他们,也要感谢你们为我们初心道场赢得了荣誉,谢谢大家!"

站在队伍里,我突然觉得蔡教练说话好有水平。以前只知道他打拳厉害,没想到他说话水平也这么高,有条有理的。

"今年,我们道场会有更多的新学员要加入,希望大家能互帮互助,老队员要爱护新队员……"记不清蔡教练后面说的话了,反正感觉蔡教练长了一岁后,说话水平也长进了。

新年第一次训练,我被分在高教练一组,学了新的拳路,也许真的是长了一岁的原因,我学得可好了,高教练都不需要给我单独纠正动作。

整队!训练结束了。我心想蔡教练不会又要说话了吧。

蔡教练真的又说话了,这次真的把大家说晕了:"……以前我说过,在没有教练在场的情况下,队员之间不许打闹,今天开始前为什么又要追着打闹?为什么大家还要起哄?全体俯卧撑加练三十个,开始!"

晕啊!

17　打拳和写字

　　开学以后，感觉学校的功课明显比上学期要多了一点，上学期老师对我们的作业要求好像不是很高，这学期开始连我们写字写得好坏都要管了。

　　可是现在都在用电脑打字了，写得好和坏有什么区别呢？反正以后工作的话也没有机会写字啊。心里是这么想的，可嘴上却不敢和老师这样说。毕竟老师手里掌握着一招绝杀技，那就是"重写"！同学们看到这两字的时候，头就炸了！

　　写好点就写好点吧，慢就慢点。想起了高教练以前说过的："打拳要讲究快慢结合，该快的时候要快，该慢的时候要慢，要掌握节奏感。"

　　于是，我写语文的时候就慢点，毕竟语文黄老师是我们的班主任，别到时又是重写又是给我妈告状啥的。数学老师的作业我写得快点，数学讲究的是对和错，数字总归看得清楚，我给它来快点的，反正这些加加减减的习题都很容易，一看就明白了，想都不用想。

　　也不知道两位老师是不是"串通"好的，前天放学时班主任黄老师把我留了下来。我没捣蛋啊，留我干嘛呢？

　　黄老师拿出我的数学作业本，问道："什么意思？你自己看看！数学老师直接把作业本发到我这里来了！重写！下次不许这样了哦！"

不会吧，周六周日我还要训练呢，重写不是又要浪费我好多时间？我沮丧极了，但是又没办法。白天要训练，只有牺牲晚上的时间了。

高教练今天的训练，好像一直在强调打拳的架子，无论是握拳的力度还是转身的动作，好像都是在说要规范，"这不仅仅是漂亮不漂亮的问题，而是不容易受伤。"他还说，"有些人出拳时握拳不紧，这样其实就容易骨折，转身的时候体型不正，就容易扭伤腰。"

原来还有这些道理啊！看样子学习和打拳有着相同的道理哦，难怪很多武术家不仅打拳厉害，连书法都写得很好。看样子要成为一个优秀的武术家，还真得练好字呢！

18 瘀青的疼痛感

　　天气好像渐渐暖和了。可能是脱掉了冬衣的缘故，我感觉两个手臂舒服了好多。平时走路也时不时地挥几下拳头，不知道的还以为我有多动症或者神经病呢。

　　今天是星期天，天气很好。用课本上的话说，叫作春风轻轻地抚摸着我的脸颊，轻轻的，柔柔的，舒服极了，虽然还有一丝丝的凉意，但却带着一股清新之气而来。树木已经开始迫不及待地冒出新芽，嫩嫩的，绿绿的，向人预示着新生命的开始。

　　有了前些天重写作业的教训，这些天我可不敢再马虎写字了。妈妈说重写作业和树木重新冒出新芽是两回事情。

　　在周六做完了作业之后，星期天就是轻松的。下午我早早地就来到了道场。

　　真是让我奇怪，今天陆陆续续来了好多学员，有些不认识的，听本道场的队员介绍说，这是其他训练场的，但也都是我们初心道场的队员，因为3月底就要有考核了，所以今天安排了集中训练，把平时大家做得不到位的动作再统一讲解一下。

　　训练开始了。蔡教练首先向大家讲了一遍考核的时间、地点和注意事项，然后就和高教练分工，将学员分成两批分别辅导。

高教练今天好像换了一副眼镜，黑色框架的，看上去和他的板寸头发更加匹配，一副很有学问的样子，很酷。

高教练在示范完毕套路动作以后，又把我们这边搞得清和搞不清的队员分成两队，一队继续练习套路，另一队开始练习组手实战。

原来，八级蓝带的考核，已经开始有组手实战的要求了。

虽然只是训练，大家年龄也都差不多，但当拳头打在身上，腿踢在脚上的时候，还是有点痛。

我不由地跟对练的队友说："我们都轻一点哦，又不是比赛也不是考试。"

队友显然也不愿意被我打疼或者踢疼，忙说"好。"

可是没一会儿，高教练却安排大家轮换对手了。难道又要说一遍？算了，先打了再说。

说来也怪，多挨了几拳和几脚之后，好像也没有想象中的那么疼了，而且踢到对方的时候好像有缓解自己疼痛的效果，真的。

于是，再下一轮互换对手的时候，我用足力气向对手招呼，对手也毫不客气地还击了我，一圈互换对手下来，高教练把我们集中起来开始讲解刚才我们的问题了。

结束后，大家都换衣服准备走了，我走到高教练身边问他："高教练，我能考出蓝带吗？"

"可以，虽然还有动作不行，但应该可以考出来，回家加油继续练！"

听到高教练肯定的回答，我高兴极了。

回家洗澡的时候，发现身上有很多瘀青。可是一想到高教练说我能考出蓝带，也就不觉得有啥了，尽管这些瘀青碰到时是疼的。

19　芒果布丁

　　昨天放学的时候,我就跟妈妈说:"这星期能不能换一换做功课的顺序,我今天回家不做功课了,等明天星期六考级完成后再做,反正星期天还有一整天呢。"

　　妈妈回答我说:"好的,你的时间可以自己安排,但是一旦安排好了,就必须按照时间表来做,不能有拖拉或者找借口的想法哦。"我连忙高兴地说:"好的,今天我回家就想再练习空手道,明天考核,我要顺利通过,不想出差错。"

　　为了给今天节省点体力,昨天放学时我没跟着几个要好的同学按照老规矩去徐家汇花园玩。妈妈奇怪地表扬我说:"明天的考核你好像很重视嘛,考蓝带很难吗?"然后在回家的路上,还特意带我去许留山吃了芒果布丁。

　　说实话,本来不跟同学们去玩一会儿还真有点舍不得,平时放学都是各自回家的,难得周末大家一起玩一会,多好!为了考核省点体力也是迫不得已的事情。大概妈妈也猜出了我心中的遗憾,所以请我吃芒果布丁,算是补偿一下吗?

　　下午一点,考核正式开始了。可能最近没有人申请考低级别的橙带吧，我还没完全做好准备呢，就听里面的考官喊道："蓝带考核现在开始，学员准备入场！"

啊？这就开始啦！

套路考核开始，从太极一开始，一直打到太极三，还考了高教练刚教过的平安一，还好之前我都做好了充分的准备，套路考核没出一点差错，我对自己很有自信。

没有休息，组手实战考核就开始了。蓝带了，需要跟一位对手实战对抗，不能输掉。

当时我早把身上刚退了瘀青的事情忘得干干净净，只想着好好打，干掉对手，这样蓝带就到手了。

对手上来的时候，可能是我用足了力气的原因，他肚子上挨了我两拳之后就下蹲在地上有点吃不消的样子，勉强站起来后，我又迅速踢出了一脚，正中他的大腿。他"啊"了一声好像很痛的样子，说实话我的脚背也有点痛麻的感觉。没多久，考官示意对抗结束，我顺利拿下了这一场。

走出考场的时候，一眼就看到妈妈向我走来，关心地问我："怎么样，组手实战的时候有没有受伤？疼吗？"

我一副得意的样子说道："没有，很顺利，肯定考出来了！"

回家路上我问妈妈："我能再去吃个芒果布丁吗？"

20 "大家听明白了吗？"

"张逸坤学员经过努力，考试合格，由九级升八级，大家掌声鼓励！"

也许蔡教练跟我慢慢熟悉了，也知道了我的脾气，所以这次训练开始前，在告知上次考核成绩时没有为难我，第一个就报到了我的名字。上去行礼之后拿到了蓝腰带，我高兴极了，换下腰上橙带一杠的腰带的时候，我感觉蓝带就是比橙带好看，就像书里看到过的一样，蓝色代表幸福。这一刻，我感觉很幸福。

蔡教练训话完毕，我依然分组跟着高教练。跑去高教练那里的时候，我对着他微微一笑，指了指腰里的腰带，虽然没说话，但我想高教练应该能明白我的意思。

高教练冲我微微一笑，没有说话，只是摸了一下我的头，然后就对着大家说道："快点，列队！"

"极真空手道，贵在于坚持。每一个动作，只有更快更精确地发挥出来的时候，才能展现它的作用，才能克敌制胜！我们平时的锻炼，虽然重复的是每一个动作，看上去很无聊，实际上我们的内心也在受到训练，这会使我们更加坚强，这就是我们训练空手道的原因。"

平时真没看出来，原来高教练也很会说话，水平也高啊！对，真是

"高"教练!

他又继续说道:"这里都已经是蓝带级别以上的队员了,根据要求,套路的动作会增加,这个会有助于我们加强思维的训练。我们在练习的时候,会假想敌人从不同的角度向我们进攻,而我们怎么样才能作出合理的反击,所以套路的练习很重要。"

原来套路不是用来作秀的,是练习思维进行反击实战用的啊!

高教练又接着说道:"现在开始的实战训练,都是在套路基础上演变出来的招式,而且,因为是对抗训练,所以大家训练时一定要听从教练的安排,绝对不可以私自练习,避免受伤。要根据教练的动作要求做分解训练,不可以乱打一气,大家听明白了吗?"

听明白了!再不明白的话高教练又要再说下去了,训练快变成报告会了!

21 耶!

这个星期刚刚结束了期中考试,昨天学校又安排了春游,最重要的是,这个周末没有功课,耶!

平时一般醒来的时间都在七点左右,可昨天我六点多一点就醒了,平时都是妈妈给我叫醒服务,昨天轮到我给妈妈叫醒服务了。

早上醒来第一件事情,就是看看窗外有没有下雨,上海的春天总是春雨绵绵的,时不时地就会下一场雨。还好,太阳高照,晴空万里,耶!看来老师说的如果下雨就取消春游照常上课的担心是多余的了。

检查了包里的食物,一包包都整齐地放着呢,谢谢妈妈都为我准备好了,还有开心的就是,可以带钱自己买东西了!以前在幼儿园的时候老师安排我们春游,看上去就像放鸭子一样,把小朋友们赶来赶去的,没有自由活动,也不可以带零花钱自己买东西。现在是小学生了,可以带零花钱了,想怎么花就怎么花,耶!

带去的食物都是跟同学们一起分享的。原来跟大家一起吃来吃去要比一个人吃自己的开心多了,还有就是当带去的食物分完的时候,就可以自己花钱再去买自己想吃的东西了,耶!

身边有零花钱的感觉真是棒极了,所以今天去道场训练的时候,我又悄悄地在训练包的夹层里放了点钱——虽然好像训练场那里也没什么东西可以买，再说妈妈陪在身边也没有机会自己花钱买东西。

但是，我喜欢这种感觉！

没有了功课的周末，心情肯定是不一样的。我来到道场换好道服之后，主动开始了准备动作的放松训练，伸展、下蹲、抬腿、慢跑，搞得自己像个老队员一样，井井有条的。

高教练没有像上次一样说很多话，只是一个个不厌其烦地纠正我们的动作，然后就是示范给我们看。

不知怎么的，跟着高教练一个个分解动作练下来，竟然很累，出汗了。高教练大概说的是对的，练得好不好，到位不到位，也可以问问自己的，因为你用力并且用心了，就会出汗，就会有效果。

"张逸坤今天练得不错，要保持哦！"高教练对我这样说。

我说："今天是我的生日，已经长大一岁了，所以我会努力练好的！昨天我们春游，我还自己花钱了呢！"

"是吗？！难怪你懂事了。祝你生日快乐哦！"

"谢谢高教练！"

"这样吧，今天你生日，高教练教你一套新的套路，算是生日礼物好吗？"高教练这样说道。

耶！太好了，我今天有的是时间！

高教练认真地开始教我新的套路平安三。

训练结束后，高教练说我学得很快，很认真，希望我以后一直能这样。

我说："高教练，以后我过生日，你能不能都教我一套拳法呢？"

"好的，没问题！"高教练对我说。

耶！

22　出丑没出成

　　以前来道场训练，好像都没有对楼下的游泳馆产生过什么兴趣，这个游泳馆跟我平时训练的上海市游泳学校的游泳馆比起来，真是太小了。而且在这里游泳的人好像更多的都是在玩水，没几个游得好的。

　　今天来道场路过楼下游泳馆门口的时候，我突然说了句："妈妈，一会儿训练结束，我可以来这里游泳吗？我想约上栋栋一起来。"

　　妈妈冲我一笑，说道："你是不是想在栋栋面前露一手啦？可是你的自由泳的泳姿也是学会没多久，还没到很标准的水平哦。"

　　"谁说的啊，游泳教练说我最近游得很不错啦，上一次还奖励我一副游泳眼镜呢。"

　　妈妈看我很认真的样子，对我说："好吧，如果你想出丑，那就随便你吧，可是你的泳裤毛巾啥的都没带哦。"

　　"那我们就在这里再买一套吧，用我自己的零花钱行吗？"

　　妈妈没有再说什么，我知道，这就算是同意了。

　　空手道训练开始了，我可不想被高教练再说我动作不标准什么的，然后训练后被留下来训话，所以我练得很认真，反正是又出汗了。

　　休息的时候栋栋也答应我一起去游泳，我们还约定互相比赛呢。

"今天大家辛苦了，都练得不错，希望继续努力。今天训练结束，解散！"高教练说完这话，我和栋栋高兴极了，飞快地跑到栋栋爸爸休息等候的地方说我们要去游泳。

"今天不行啊，今天已经约好了，栋栋要去他爷爷家的，他爷爷都在家等着呢，要不下次吧，下次我们把泳裤也带来，行吗？"

栋栋爸爸的话像冷水一样，把我们从头淋到脚，我难过极了。

栋栋爸爸又说："实在不好意思哦，下次吧，下次我请你去上海游泳馆，那里又大又好，我们一起游，我逃，你和栋栋来追，追到了请吃冰激凌怎么样？"

好啊！说好了可不许赖的哦！

23　蔡教练有点像数学老师

放暑假了。和以前不同的是，现在有暑假作业了。老师给我们安排了厚厚几本暑假作业，每门功课都是的，唉！

听同学们说，他们将在开始几天狂做功课，这样剩下的暑假就可以开开心心地出门旅游了；也有同学说才不管呢，先出去玩够了回来再说。你一言他一语的，说的都不一样。

不管他们了，我有空就多做点，没时间就少做点，反正妈妈给我安排的旅游时间是在7月底。我抓紧时间先做掉一点。

今天星期六，跟平常一样，照样要训练的。今天来的人还不少，我正奇怪大家好像也没急着出门旅游的事呢，教练喊着整队了。

哇，不会吧？今天新来了好多新队员！我没抬手，只是默默数了一下，足足有十一个。心里一阵高兴，看来我的资格又老了一些了。

想起一年前我刚来的时候，才刚从幼儿园毕业，怎么今天来的新队员有好几个个子都好高啊，看样子最起码也有二三年级的样子了，他们不会是学得有点晚了吧。

正在胡思乱想的时候，教练已经安排新队员排到队伍后面去了。

一开始还是挥空拳的训练，我跟着教练一边打，一边喊，声音可响了。我已经是蓝带了，我可不想被新来的队员看不起，教练说过的，老队员要有老队员的样子。

这不，有几个老队员练习不卖力，又被蔡教练训话了："谁谁谁，看好自己的手，怎么出的拳，这是打拳吗？拍灰层啊?!"

蔡教练真有点捉摸不透，有时候对我们很好，看上去很斯文的样子，跟我们说话的时候很客气，总是笑着面对我们。可一旦谁偷懒或者打错了拳，马上就像换了一个人似的，声音变粗了，感觉再不用心的话就要挨揍了。他这么厉害，我们可挨不起他的一拳，还是老实点吧。

这不，训练结束后又开始表扬我们了。他说："这么热的天，大家还是坚持来，这点很好！空手道的精神，就是要坚持！打拳再厉害，也只是身体的强壮，我们要通过不怕热不怕苦的坚持训练，来使我们的内心更加厉害，这才是真正的强大！"

我突然觉得蔡教练的话跟我们数学老师的话是一样的道理。数学老师也是说："坚持多做一点习题，学会做题只是说明我们的脑子没问题，多做一点就能使我们更快更准确，这样内心更强大。"每次同学们计算错误的时候，她总是说她心脏受不了。

24　高教练的腰带

旅游回来几天了，可能是西班牙的火腿很好吃，所以回来以后一直在想什么时候能再去吃。

妈妈这几天一直在催促我抓紧时间把剩下的暑假作业快点做好，否则开学没法交差了。可是我觉得完全没有问题，我一定能够按时完成的。

今天要出门训练，我是真的开心，因为妈妈不能再盯着我要我做功课了。

夏天的雨很怪，一会儿下得很大，像珠子一样，一会儿又停了，太阳也出来了。出门带不带伞好像也是一个大问题。我可不想带伞，如果忘记了丢在外面了就要被说是脑子有问题了。

道场里很热闹，好像外出旅游的队员们都差不多回来了。

所以今天像以前一样，我们又被分成两组训练。这下我又排在最后一排了，因为新队员和橙带的都排在另外一组了。

听说高教练最近很卖力，教我们的时候卖力，自己练的时候也很卖力，因为他就要考黑带二段了。也是，他那根黑带一段的腰带都已经发白了，也该换换了。

平安四的动作要求跟前两套平安二、三好像不一样了，转身或者踢腿需要稳定了，身体不能左右摇晃，我感觉到侧身出拳的速度和力量好像更强了。这个有点意思。

我学得很认真，好几次想像高教练一样，出拳的时候能够带出风声来，可是没有，可能高教练的道服比我的还厚一点吧。

我想快点长高，这样我就能再换一套新的道服了，厚的那种。

25 效率的意思

前天开学了，老师给我们开班会，说现在升二年级了，功课要比一年级多了，也要难了。个别同学如果还有什么学习上的不良习惯的话，就要抓紧改正了，否则会影响二年级的学习。

其实我早就问过我们小区里高年级的同学了，他说老师就是喜欢这样吓唬我们，她们总是希望我们紧张一点，其实二年级的功课不难的。

所以今天星期六，我还是很轻松的样子，来到道场开始训练。

去道场的路上，妈妈一边开车一边跟我说："你也别管二年级的功课难不难，认真学就行。你现在已经升二年级了，不是小小孩子了，有些事情要学会效率了。"

接着她又对我说："效率就是可以一遍学会学好的东西，不要浪费更多时间去重复，要想提高效率的话，认真两个字很重要。有时候做事情，我发现你就是不太认真，如果你拿出"汤姆熊"打游戏的认真劲来，学习和学拳就会更好了。"

我很奇怪，我去"汤姆熊"打游戏的时候，妈妈总是去商场其他店铺逛的，又不在我身边看我玩，她怎么知道我打游戏很认真的？

训练开始了，可能是刚刚开学，大家的功课都不多，所以来的队员也不少。

我今天练得很认真,我想试试看,认真了是不是能学得更快更好。

我发现高教练一会儿就要停下来纠正其他队员的动作,那些动作其实并不难,为什么他们又做错呢?我心里一直想对他们说:"你认真一点呀,做对了大家就可以多学点,别让教练浪费大家的时间了呀!"

下半节训练课,高教练说:"这些动作其实不难,大家做起来认真一点,别东想西想的开小差。张逸坤,你到第一排来做,大家一起跟着我们再练一次。"

我没听错吧!这可是天大的鼓励啊,说明我今天练的动作没有一点点的错!听他们说过,这叫"示范",日语里写成"师范",那就是标准的意思哦。

我高兴极了,我觉得站在第一排打得比刚才的还要好!

26　别人的金牌

国庆节放长假的时候没有训练,不是因为道场的教练出去休假了,而是因为全国比赛在南京打响了。所有的教练员和参赛队员都去南京参加中国公开赛了。

今天训练开始前,蔡教练跟大家说了比赛的情况。说是最近几次比赛,南京的队员的成绩有了明显的提高,说他们的队员在训练时很会吃苦,希望我们上海的队员也能像其他优秀的队员一样,平时训练的时候要吃得起苦。

"苦是个什么东西呢？我们道场有没有队员拿到金牌啊？"

站在队伍里听蔡教练说话的时候,我就在这样想着。可能蔡教练也猜到我们会这样想,马上就接着往下说道:"这次我们道场出战中国公开赛的成绩也不错,拿了好几块金牌,还有银牌、铜牌,希望大家好好努力,明年把铜牌变成银牌,银牌变成金牌,金牌就算了,不要变了！"说得大家哈哈大笑起来。

原来我们道场这么厉害,平时真是小看了那些跟我们不同时间段训练的师兄师姐们。

难道教练训练他们的方法跟我们不一样吗？

不行，我得抽空趁他们训练的时候也来看看，看看他们是怎么样训练的。

一边这样想着，一边更加卖力地跟着教练做动作。

虽然教练没有把那一块块的金牌银牌拿来给大家看，但我好像能感觉到这些金牌银牌发出的光肯定很闪亮。我想着有一天也要有我的金牌，闪一闪大家的眼睛。

训练快结束的时候，蔡教练把"苦是个什么东西"给我们又说了一遍："道理其实大家都知道，吃苦耐劳就是偷懒的时候要想着坚持，动作不熟练的时候要用脑子想一想，酸痛不算什么，你越是怕它，它越不怕你，你越不怕它，它就越怕你！练空手道的人，什么困难都不怕，就怕自己！"

听着蔡教练的话，也没全部记住，只想着训练结束后看看有没有人把金牌带来了，我想看看。

27 来，打我一拳

今天是星期天，但是我没敢睡懒觉，就算外面下着雨，我还是像平时一样，早早起床了。

根据蔡教练的安排，我今天要到西雅图道场，跟着我们道场另外一个教练开始更加厉害的实战对抗训练。这个教练训练出了好多全国冠军，他就是我上次在克拉克道场见过一面的居教练。

居教练个子不高，有一点点胖，没有发型，因为剃了个光头。他一见到我就上来摸摸我的头，说："你就是张逸坤啊，今天开始跟着我训练了，怎么样，怕不怕？"

虽然居教练看上去一副很凶的样子，但是说起话来还是很亲切的，我一下子放心了不少。

居教练接着又问我："你会实战吗？来，打我胸口，试试看！"

我忙说："我可不敢，万一打痛了怎么办？"

居教练对我说："没关系，用力打，看看你能不能打到我。"

"真的吗？那我真打了！"我还是有点不相信。

"来，没关系，用力！"居教练好像在鼓励我。

一拳，两拳，无论我打得有多重，有多快，打出的所有拳都被居教练挡开了，他的反应速度也太快了吧！好像知道我从哪里出拳的一样，我一下子佩服了起来！

"现在让我也打你一拳好吗？"居教练问我。

"啊？不行，绝对不行！"我想也不想地回答他。

结果还是给他打了一拳，不疼！因为他的拳在快要到我胸口的一瞬间突然停住了，我的胳膊和拳头却傻乎乎地没防住他拳头的路线，他的速度太快了！

"来，现在告诉我你的体会，你认为实战是什么样子的？"居教练这样问我。

我想了一想，不敢肯定地对他说："速度和力量！"

"对了，说得很好！速度和力量，还有反应的技巧和路线！有信心练好吗？"

"有！"我感觉我完全听懂了居教练的意思。

加入到这批实战训练队员的队伍中，我知道我惨了，以后"挨揍"的日子肯定是免不了的。

两两分组打靶训练，一个拿靶一个打，他们的拳好重，即使有靶子隔开，身体还是往后退了两步，都不知道脚踢靶的时候，我是怎么撑过来的。

我想错了，不是以后"挨揍"，而是今天就开始了。

28 跨年训练没搞成

2012年的新年就要到了,今天休息在家,学校的老师也很好,这个周末没有太多的功课布置下来,就是让我们想一想,过去的2011年,我们有什么收获?2012年想要干啥?

我也讲不清楚什么算是收获,从一年级升到了二年级,认识了不少生词,英语好像也比以前讲得溜了一点,但是这种水平也不够啊。

要说收获的话,就是过去的2011年,我收获了不少拳头。我在空手道训练时,收获了不少队友的拳头,也收获了不少瘀青块。瘀青块有时隐隐作痛,我就安慰自己,队友身上也有我的"杰作"。

教练和老爸都跟我说过,练拳的人,身上有点瘀青块是很正常的事情,就像一个将军身上总会有点伤疤一样。

队员们为了练好空手道,互相"帮助",用瘀青块"帮助"对方快快地强壮起来。瘀青块过两天就会消退,但我们的意志会一次次地坚强起来。教练跟我们说的话,我一直记着。

明天就是元旦了,可今天还是要去道场训练的。教练说这也叫坚持。

我突然有一个想法,今天是2011年的最后一天,我们是不是可以一直训练,直到2012年元旦的零点到来呢?听说过好多种跨年的方式,不如我们也搞一场跨年的训练吧!

去道场的路上,我把这个想法告诉了妈妈。妈妈听完后大笑了起来,对我说:"你自己去跟教练说吧。"弄得我有点不知所措。

晚上的训练七点准时开始,教练又表扬了我们能坚持来训练的这些队友。

我趁教练表扬我们的时候举起了手要求说话——这是空手道的规矩,想要在队伍里说话,必须要举手示意,征得教练同意后,你才能说话,这跟上课发言是一样的。

教练很客气,让我说话了。我说:"能不能来一场跨年的训练,让我们从2011年一直练到2012年?!"

所有的队员兴奋极了,都说好啊!好啊!

可是,教练说:"谢谢你的创意,可是我没法完成这一创举!空手道是武道,同时也要符合生命科学。长时间无间断的训练,不符合生命科学。大家真的喜欢,可以明天一早起来,用我们的拳脚迎接2012年的第一缕曙光。"

训练结束后,有几个队员对我说:"要不你回家一个人练到12点吧,我在梦里给你加油,祝你练成神经病的神功!"

哼……

2012年　我慢慢长大了

29 "老居"和"老鬼"

中国人跟老外不一样,元旦新年远远没有春节热闹,放假也少。老师又把功课布置回到了平时的水平,我们的训练也回到了正常的轨道。

考取蓝带以后,训练的内容加了必需的实战课程的量,而且老爸对我特别狠,帮我特别加了在居教练那里的纯粹的实战课,所以我现在练习空手道,要来回奔波在三个道场之间,跟随三个不同的教练分别练习。

今天又来到了居教练的商旅道场练习实战。

商旅道场的墙上贴着一张表格,上面把各种级别带考核的内容写得清清楚楚,考蓝带一杠的话,实战考核要打两个人了。

所以居教练说:"挨打的忍受力、自己的爆发力,还有技巧的持续力是关键。"以后的训练主要就是练这些。

前两次在道场训练的时候,听得最多的一句话就是居教练对着有些没有防守住对方进攻,结果挨了拳脚有点吃不消的队员说:"怎么啦,这点拳扛不住啊?还能打吗?继续!"

没有理由、没有解释,继续!

说来也怪,好多队员一开始挨了拳脚都是很痛苦的样子,有的蹲了下来,有的"啊"一声发出声音,有的还哭了。但是当居教练一说"怎么啦,这点拳都扛不住啊?"这句话的时候,这些队员就又坚持了下来,而且比之前的劲头更足了。不少队员都是擦干了眼泪继续练的。

今天一阵对打过后,居教练喊停了,喊上曹德宝曹大师兄站在场子当中,然后居教练就在曹师兄身上比划,一边比划,一边告诉我们,进攻的时候要注意什么,防守的一方要注意什么。有几次拳都到曹师兄的胸口了,腿也踢到曹师兄的头部了,我们心想:打上去呀,踢他一脚呀。可是偏偏当中停了下来,我们都想看看曹师兄真的被居教练踢一脚是啥样子的,打一拳也行,可是没有发生。有几个队员发出了"唉"的声音,很遗憾的样子,哈哈!这叫幸灾乐祸!

居教练在示范的时候声音又亲切了起来,也讲得很耐心,像个老师,而不是刚才怒吼的样子。

大家都叫居教练"老居","居"在上海话里是和"鬼"同音的,所以"老居"变成了"老鬼"。

居教练,到底是个什么鬼?哈哈!

30 举杠铃

期末考试结束，放寒假了。

二年级读掉一半了，真的没有像老师在学期开学前讲的那样，什么功课有点多，有点难。

今天一早起来，妈妈又开始给我大脑"按摩"了。她说今年的春节来得早，下个星期就要过年了，一晃一年就又这样过去了，所以你也要学会什么事情都要早作打算，不要等到过年的时候才发现这个没做那个没做的。

我这一年在晃吗？我觉得没有啊，我不是都很努力地在学习吗？学校老师发给我好几张奖状呢，有学习成绩好的，有才艺突出的，其他同学都说我不错的呀！

妈妈就是这样，她喜欢吓我，也喜欢催我，没事就给我洗脑子，但她不承认，说这叫"脑力按摩"，让我时刻保持活力。

她说："过了春节，三月份就有蓝带一杠的考核了，你有把握吗？"

我回答她说："今年春节来得早，现在才一月份，过了年还有二月份呢！"

"二月份开学肯定有好多功课，下半学期了，你肯定会很忙……"

妈妈这就算是开始"按摩"了。这个时候最好的办法就是闭上嘴巴，就像打空手道练习的时候一样，只防守，不进攻。否则，后果很严重的。

趁她讲得累了，休息的时候，我接着就说了一句："今天有空手道训练的，下午我早点去吧，乘教练没来之前，我可以先热身做些准备动作，然后把老的拳路再自己巩固巩固吧，三月份就要考核了！"

妈妈没话说了。

下午，我早早地来到了道场。道场里一个人也没有，只有隔壁的健身器材室里有两三个人在跑步机上跑步，还有骑自行车的。

我进去看了一圈，一排杠铃和哑铃在一角整齐地放着。"这有多重啊？我能举得起来吗？"我这样在心里想着。反正时间还早，要不我先试试吧。

刚走过去还没停稳脚步呢，管理员不知道从哪个角落里冒了出来，说道："小朋友，当心砸到脚啊，危险！"我只能回答他说："哦，我就看看！"

"看了也白看，你这么小也不可能举得动。"管理员又说话了。

"你怎么知道我举不动呢？小看人嘛！"我心里这样想着。他大概好像知道我心里想的一样，于是笑着对我说："来，想试试的话，我帮你！"

好啊，我高兴极了。按照他的示范，我躺在了一张窄窄的长皮凳上，两腿两边分开，双手弯曲放在胸口。

然后他帮忙把架子上的一个杠铃传到了我手掌上。

"行吗？"他这样问道。

我没有马上回答他，因为一股从来没感觉到过的重量沉甸甸地在我胸口压着，我感觉我的手臂一点力气都使不上来。

管理员把杠铃放回架子上，得意地笑着对我说："怎么样，我说不行吧。"

走出健身室的时候，我难过极了，我打拳的时候不是力气挺大的吗？怎么会连杠铃都举不动？

不一会儿，高教练来了，训练开始。我练得很认真，每一拳每一脚我都用足了力气。

训练结束后，高教练直表扬我，说我今天表现很好，要继续保持，争取三月份考出七级蓝带一杠。

我说："嗯，我会的！"

走出训练场的时候，看到去健身室的人多了起来，那个管理员在忙碌地帮助别人锻炼。

看着他强健的身影，我对自己说："用不了多久，我一定会把杠铃举起来，等着看吧！"

31 基础要打好

开学的新书已经领回来了,按照老师的要求先要把书包上书皮,老规矩了,跟以前一样的。翻看一下语文书,我发现课文里的生字好像比以前多了,课文好像也有点长了。这下麻烦了,我们语文老师总喜欢让我们背诵课文,这样的话得花上不少时间在背书上了。一想到这个,我就有点烦,忙把语文书合了起来。

还是练一下俯卧撑吧,我必须要加强手臂力量的锻炼,这样打拳才有力气。

趴在地板上,我自己练自己数。

妈妈走过来说:"你现在就练啊,一会儿去道场还练得动吗?"

"力量是越练越大的,不是越练越少的呀。"我对妈妈这样说,然后自己管自己继续练下去。

"对哦,你过了年长大一岁了,好像又懂了不少道理嘛。"妈妈接着又说道:"知识也是这样的哦,肯定是越读越多,头脑也越来越强大哦!"

不要再讲了,我明白的:背书越来越长,打拳的套路越来越复杂,头脑也越来越强大。

只要妈妈的话不要越来越多就行。

这下是真的快要考核了，所以训练强度也加大了。今天教练给我安排的就是下午三点到五点，然后晚上六点半到八点，一共三个半小时，分成型手套路和组手实战两项。

高教练教了我们新的套路平安四，转身和跳跃有了连续性的要求。我突然觉得，好像空手道的套路都是一套一套连环起来的，前面的基础动作练不好的话，后面的连续动作根本就不可能再练好了，甩手、冲拳、跨步、踢腿，好像连贯起来以后威力更大了。

我一边想着，一边暗自庆幸自己以前还算练得不错。

说来也奇怪，这套拳比以前要难，但是我没多久就记住了。高教练说我打得不错，再练习几次，注意一下细节的地方就可以了。

在道场旁边吃晚饭的时候，我把我的想法给妈妈说了一遍。这下妈妈没有说很多话，就说了一句。她说："基础打好了，以后的事就容易了。"

我长得比较瘦小，看样子基础打得不是很好，所以晚上练习实战的时候我更加努力了，我得把晚饭吃的那块斗牛士牛排的力量使出来！

实战训练完毕，我学会了"拳打一点"的道理，就是说打拳的时候最好盯住一个地方连续攻击，这样对手就容易受不了，如果分散的话，对手也就不觉得了，最后变成打了也是白打。

下一节课，高教练要教我拳脚的合理并用了，他说："打拳要用脑子，这样才能使拳脚的组合更加有威力。"

32　重心

前天，就是星期五的晚上，我没去居教练的商旅道场训练实战，因为学校里有同学过生日，喊我们去参加 Party 了。

去之前很犹豫了一阵子，到底要不要跟居教练请假？我怕他说我偷懒，没有恒心。

但是一想，同学过生日，一年也就一次，空手道训练一年有二百多次呢。所以就让妈妈给居教练打电话请假了。妈妈答应了，但是有个要求，就是要在今天把前天缺掉的训练补回来。

这个没有问题，我喜欢训练，加练我不觉得累，反而很开心。

今天蔡教练问了我一个问题："高级别和低级别的区别在哪里？"

我说："一个会的多，一个会的少。"

蔡教练说："你只答对了一半，高级别不仅仅是要会的多，还要会的精，精确、精准！"

这个我是知道的，以前高教练也这样跟我讲过。

于是，为了更加精确、精准，蔡教练让我把已经学会的套路再练一次。

他说："今天先把老套路一套一套地过一遍，一个动作一个动作地分解，然后再继续下面的学习。"

看着蔡教练一脸严肃的样子，我没有再说什么，因为说了也是白说。有时间白说的话，还是加紧练吧。

从太极手技一、二开始，一直到平安三、四，蔡教练一个动作一个动作地让我分解练习。

分解动作最难的地方就是手脚的位置了，要照顾到前后左右的协调性。蔡教练说："表面上看，这个好像只是好看，但实际上是通过手脚在运动中的平衡点，使我们的动作更加合理，让自己的重心得到更好的控制，当然也增加打击的力度。"

"重心在运动中的偏移，如果没有及时的修正，几个动作以后就会歪歪斜斜了，对手根本不需要费很大力气就能把你干倒，而且你自己也会越打越累，撑不了多久的。"

我努力地记住蔡教练的话，慢慢领会着。

谢天谢地，复习训练结束了，蔡教练要教我新的动作了。

我很开心地跟着蔡教练学着新动作，眼睛一眨不眨地盯着他的身体，手、脚、起手、步伐。

教练好像也很高兴，对我说："不错，你学得很快，但是动作要到位，这点时刻要记住。"

教练就是这样，表扬一下优点，然后批评一下缺点。好像打拳一样，一组配套的。

33 "砰"的一声

今天是蓝带一杠考核的日子。

本来在道场外等候考核的时候很开心,也很轻松。我在家里的时候已经练过好多遍了,用学校老师的话来说,就是像背书一样,背到想忘记也忘记不掉了。

可是前面考蓝带的两个学员考完出来,我问他们考得怎么样的时候,他们一脸痛苦的样子,说是考核的时候对动作的要求很高,考官的脸色不是很好看。

听着他们的话,我好像一下子紧张了起来。

"七级考核现在开始,第一部分型手……"其中一个考官大声说道。

有了前几次的重复训练,我觉得我的动作没有问题,施展开来也很得心应手,需要吐气出声的时候,我的声音响极了,空气中回声都能听见。

"七级考核第二部分组手……"

组手就是实战,考蓝带一杠也就是七级的话,要打掉两位对手了。

这个我已经知道了,努力像平常训练的时候一样打就行了。只是要注意一点,因为要打两个对手,所以体力要保存一点,不能一下子在第一个对手身上全用光。

对手也是蓝带级别的，我会的动作他也会，没办法，我只能跟他比快了。

突然想起居教练在给别人示范和讲解动作的时候，我在边上听到过，要连续地出拳，连续地快拳，然后趁对手注意力在胸前防守的时候，再突然起脚，踢低段腿破坏重心，如果有高段腿机会的话，就直接爆头。

虽然没什么把握，但试试也是好的。

我嘴上没有发出声音，但心里已经"啊、啊"地发出了怒吼，连续向对手胸口打出了四五拳，然后快速地踢出了一脚。

我觉得我踢出那一脚的时候，好像是闭着眼睛的，所以也没看到踢在哪儿了，但踢是踢到了，这个我脚上有感觉。

对手在反击我的时候，也是全力地压上来了，光我们的拳头就对上了好几次。

可能是对手打得太猛了，一下子动作有了停顿，也可能我太想赢了，所以我想都没有多想，又是一脚，这次看到了，我睁着眼睛呢，正中头部。"砰"的一声，头盔的声音响极了。

第二场开始，我还是照我的想法打，这个很吃亏，因为居教练跟我们讲过的，高矮胖瘦，不同的对手，打法是不一样的。高的人就不要怕，冲进去贴着身体拼拳，如果离得远了，他踢得到你而你踢不到他，明摆着要吃亏；胖的人要绕，绕得他头晕。

好在也没吃大亏，对手跟我差不多的样子，挨了我几拳以后好像也很痛，战斗力也下降了。这次虽然没有爆到对方的头，但还算是顺利完成了第二场的考核。

结束后，我上去跟对手握手拥抱了一下。

34　没敢多想

前两天一直下雨。我们学校只要体育课碰到下雨，就改成室内自修课；只要是室内自修课，老师就要来"占领"我们的自修时间，自修课就变成了作业的订正讲解课，做对的人也要跟着再听一遍。

你还不能不认真，否则老师就要说你骄傲自满，对自己要求一点也不高。

反正我是看到下雨就有点怕了。

今天心情很好，天晴了。一个星期没上过体育课了，今天又是星期六，功课也不多，所以我想出去转一圈，就算是小区里跑一圈也很开心。还有一件开心的事就是，上个星期考核蓝带一杠，今天应该可以发新的腰带了。

妈妈说："你这个人就是有点坐不住，功课还没做完就想着要出去玩。你不是下午还要去道场训练吗？到时候有的是你用力气的时间。"

我回答妈妈说："功课就剩一点点了，我回来做也行，明天做也行啊。"

"既然只剩一点点了，为什么不能干脆利落地做完呢，做事情不要拖拖拉拉行不行？"

没办法，妈妈既然这样说了，不做是不行了，否则的话有的要烦了。拿出英语作业，把该写的单词写完，该背的课本背好，不到三十分钟，全部搞定了。

其实我很想谢谢妈妈的，她在我幼儿园的时候就送我去英孚学习英语了，还送我去新贝学习通用英语，所以现在的英语课对我来说真的是很容易。

我背诵英语课文的时候，就像打拳一样，很有节奏感的。看来不管是学习还是打拳，节奏感很重要。

妈妈看到我做完了功课，就高兴地对我说："你看，这下不是省心了吗，做完功课，想玩也玩得开心。"

"这样吧，下午你去打拳，考到蓝带一杠你也辛苦了，晚上我们出去吃饭，祝贺一下你！明天要不带你去杭州玩一圈吧，如果你愿意的话。"

我当然愿意啊！

幸福来得好快！要是妈妈早对我这样说，我一早起来就把三十分钟的功课做完了，也不用她催我了。

有了前两次考级的经验，今天再看到蔡教练拎着一个袋子进来已经不太紧张和好奇了。

蔡教练果然又像在背书一样，大声念道："张逸坤学员经过努力，考试合格，由八级升七级，大家掌声鼓励！"

这句话我也已经背得很熟了。

换好了新的腰带，训练开始。今天的分组训练，要有新的动作学了。

我练得很认真。

训练结束后，妈妈说："恭喜你经过努力又离黑带近了一步！"

我对她说："空手道最重要的是锻炼自己的毅力，不断超越自己才是最重要的，你别老是黑带黑带的，那个不重要！"

　　妈妈用惊讶的眼神看着我说："喔唷，很会说话的嘛！现在厉害了嘛！"

　　我调皮地一笑，说道："这是教练说的，如果你觉得有问题的话，请找教练去说。"

　　哈哈，妈妈总算没话说了。

　　其实，我心里也是像妈妈说的这样想的，但是因为离黑带的距离还太远，所以没敢多想，想了也没用。

35　我深信不疑

早上醒来的时候，天空中还是在飘雨。已经下了整整一个晚上了吧？昨天晚上去居教练那里训练的时候就开始下了，下到现在，我也真是佩服这个雨，你也太持之以恒了吧！有本事你就一直下，把马路全部淹掉，变成河流，算你狠！

昨天晚上去训练的时候，居教练看到我还是来了，表扬我说道："不错嘛，今天下雨还能来啊！"

什么意思啊，搞得我好像经常缺席的样子。不过，如果跟居教练这里的几个师兄师姐比起来，我确实来得有点少。也难怪他们打起拳来比较厉害，这就是熟能生巧的道理吧。

居教练大概看到了我的新腰带，摸了摸我的头，笑了一笑。我以为他会表扬我几句，说两句鼓励的话，没想到他对我说："太瘦了，看这腰带，都这么长！"

新的腰带确实有点长，不对，应该说是我的腰太细了。可是我也没少吃东西呀，长不胖也没办法。

接下来的训练中，为了证明我虽然瘦但是并不弱，我是既认真又卖力地跟几位师兄师姐对抗着。我瘦小有瘦小的优势，他们进攻我的时候，我就闪躲，练练移动的步伐，有时动作慢了，就会挨拳，很痛；动作快得话，就能躲过去。

记得居教练说过的，吃到痛了，就容易记住，就容易学会。还真是有道理的！我开始对闪躲有点体会了，不学会不行啊！

居教练后来在训练总结的时候表扬了我，说我动作做得不错，如果进攻的时候更有力，节奏把握得再好一点，就有机会去参加比赛了。

我高兴极了！

训练结束后，我对妈妈说："居教练说我瘦，要多吃点，我现在能去赛百味买个三明治吃吗？"

商旅道场就在南京路的边上，晚上的南京路照样游人如织，很热闹的，吃的东西也很多，但是我喜欢吃赛百味，他家的三明治可以自己随便加塞，想夹什么就夹什么。

妈妈犹豫了一下，说道："好吧，吃就吃吧，但这些东西最好少吃哦，你搞清楚哦，这是给你解馋吃的哦，别指望靠三明治来强壮身体。"

没等妈妈说完，我就说："好的。"因为我知道她要说什么，都好多次了。

夹了牛肉片、火腿片、肉肠、番茄片、生菜、橄榄圈，还浇上了烤肉酱的三明治，在烤箱里加热后好吃极了，我一边吃，一边看着窗外的雨滴。

每咬一口，我都觉得我会长大，会更加强壮。

我深信不疑。

36 真有意思

大概缺席了两次高教练这里的训练，因为上两个周末学校都有活动，一会儿要歌咏比赛，一会儿要排练情景剧。没办法，这些活动老师都安排在放学或者周末的时间。

因为是要参加上海市小学生的比赛，所以学校老师特别重视，希望我们能够得奖，为学校争取荣誉。

为了荣誉，同学们都很认真。尽管这个同学在叫影响功课啦，那个同学在说耽误校外补课啦，理由一大堆，但都还是来了，学校的事情毕竟是最重要的，没人敢乱来。

集体大合唱要比卡拉OK难唱多了，需要整齐，不能唱得太响，这样会影响整体效果；又不能太快或者太慢，这要求我们唱歌的时候还要看着指挥老师的手势。

就这样，这个同学的毛病刚纠正好，那个同学的错误又冒出来了。老师一会儿表扬我们唱得不错，一会儿又气恼地说这遍不行。

耳朵里就是老师的那句话在不停地回荡："注意了哦，再来一遍，预备，起！"

可能是真的唱歌唱傻了，有时候跟同学们说话都是用"唱"的，几个厉害的同学都会改编歌词了，就是把想要说的话，用歌曲的那个曲调唱出来，可有意思了，很普通的一句话唱出来，都会让我们哈哈大笑起来。

我大概搞错地方了。今天到道场来训练，看到队员们时，我也用唱歌和他们打招呼，搞得他们一愣一愣的，都问我："你在干什么啊？发神经病啊？"

我可没发神经病，是你们不懂这两个星期来我的辛苦，当然，也就不懂我的乐趣了。被队员们嘲笑后，我心里这样想着。

一个小师弟对我说："等一下教练喊口令的时候，你让他也像唱歌一样唱出来吧？"大家都笑了起来。

我一边笑一边假装要打他一拳的样子，说道："你去跟教练说吧，罚你俯卧撑的时候我再帮你一二三的唱。"

高教练当然没有用唱歌来喊口令，我们也不敢这样提出来，可是每次听到高教练的口令声，总觉得还真有点唱歌的调子。

心里这样一想，耳朵就像真的听到唱歌一样。

37 真的吗？

今天是星期天，平时来训练的队员都要比周六下午和周五晚上来的人多，可是今天好像减少了一半的样子。几个家长在休息区聊天的时候好像在说快要期终考试了，大概不少人都忙着复习迎考了，所以来的人少了。

尤其几个高年级的师兄。好像高年级考试真的蛮紧张的，听说晚上除了做功课，还要背书做模拟试卷。希望我读高年级的时候，教育改革已经完成了，这样就不用拼命地刷题了。刷题真的有点无聊！

可能是看到人少了，蔡教练今天让我们一对一地展示训练，就是一个队员演示的时候，大家在边上看着，然后指出优点和缺点。

这样的方式，可以帮助演示的队员建立自信心，也可以让下面看的队员对照出自己的不足。

说起来真怪，平时大家整队一起对着教练的时候，没感觉到哪个特别好或者特别差，但是一个一个演示的话，还真有点好笑。

尤其低级位的队友演练的时候，那些动作总会引人发笑，可是每当我们笑的时候，蔡教练就一脸严肃地说道："有什么好笑的，你们不都是这样一级一级过来的吗？"

话是没有错，可看到一些怪动作的时候，总是憋不住想笑出来。蔡教练越是不许我们笑，我们越是想一起哈哈大笑出来。

随着演示队员的级别越来越高，笑声确实越来越少了，我觉得主要是就算高级别队员有什么打得不对的地方，低级别的队员也看不出来，所以也就没觉得有什么好笑的，就剩下眼睁睁地看着了。

大概是怕得罪人，高级别的队员打完，蔡教练问大家有什么问题的时候，我们都说很好——我们可不想让师兄们为难，多没面子的事情啊。

还没等我这样想完，蔡教练点名叫我了。他让我对刚才打完的一个绿带师兄的套路评论一下，我说很好啊。蔡教练又说："好在哪儿？差在哪儿？"

我说气势很好啊！反正我想好了，不能说人家的坏话。

蔡教练说："队员之间如果连起码的真诚都没有的话，那你们就完蛋了！评论是为了更好地帮助队友，不敢说和不想说，都是在为队友隐藏缺点，你们的小脑袋需要这么复杂吗？"

没办法，只能被逼无奈地说了，但还是以优点为主，缺点就说了一个。

然后，蔡教练让我和师兄两个人同时演示，说是让队员们有比较地再看。

这下队员们七嘴八舌地说开了，我听到他们都说我打得更好一点。

一开始我还真不敢相信，但是听了蔡教练对我们的综合点评后，好像是我的动作真的比师兄好一点哦。

这下我高兴坏了，难道我可以超过绿带的师兄了？

38 初识"征远镇"

下个星期各个学校就要开始考试了,是期终考试,也叫"大考",考完了就放暑假,然后大家都要升一级。

所以妈妈问我:"你今天训练还去吗?"

"去啊!我功课都已经做完了,复习也复习好了呀!"

"需要背诵的课文都背出来了吗?会忘记吗?"

"不信的话,要不现在我再背一遍给你听吧。"

虽然妈妈总是喜欢摆出这样不相信我的样子,但是,这真的不能怪她。因为有几次测验和考试的时候,我总是把明明背得出的内容填空填错,扣了不该扣的分。这一点确实是我要注意的地方,我不能老让妈妈放心不下。

"我相信你,既然你有把握的话,那就去吧!"妈妈还是相信我的。

来到道场,高教练一个人已经在练习了。哇,还真是难得,平时只是他一个动作、一个动作地教我们打,却没什么机会看到高教练自己完整地打一套。

我被高教练的动作吸引住了,顾不上去换道服。

高教练说:"快去换道服,抓紧时间。"

我说:"不急,高教练,您能完整地打一套高级套路给我开开眼界吗?高级的那种,黑带水准的!"

高教练看了一下我,又看了一下四周,没人!然后笑了笑说:"好吧,打一套高难度的,上次我考黑带二段的时候打的!"

我高兴极了,我的注意力一下子被"黑带二段"几个字吸引住了,我的注意力至少比上课的时候集中十倍!

哈……哈!

高教练开始吐纳换气,然后提手呈手刀形,左腿划出一个半圈后成马步,双臂回笼再展开,再是换腿前移,然后马步……无论是下劈还是冲拳,那个气势我从来没见到过,就连道服都可以在空气中划出呼呼的风声。威严!我学到过这个词语,今天我看到了!我感觉我的呼吸快停住了。

"我要学!高教练你单独教我吧!"

这是高教练打完这套拳以后,我几乎同时发出的声音!

训练时间到了,竟然只来了三个人。我说:"正好,您就今天教我吧!"我的两只手牢牢圈住了高教练的一条手臂!

"好吧,今天大概也没其他人来了,都在忙着考试呢,我就教你吧。"高教练让另外两个低级位学员去一边练基本动作了,然后开始教我。

我用比兔子还快的脚步站在了高教练身后几米远的地方,那是教拳的位置。

"征远镇!"高教练用日语喊出了这套拳的名称!

39　有可能超越吗？

考试结束了，学校都开始放暑假了。所以今天晚上的训练差不多所有的队员都来了。

家长们都在休息区讨论大家这次考试考得怎么样。还好，我这次考试考得不错，学期总评也很好，还拿了好几张奖状，跟一年级的时候一样，有学习成绩好的，有积极参加学校读书月活动的，还有英语竞赛的。反正这几天妈妈没再盯着我说学习的事情，今天我看她在家长们谈论的时候，总是笑嘻嘻很开心的样子。

居教练晚上七点钟准时换好道服来训练了。

他说："大家考试都考得怎么样？练空手道的人读书成绩也要好哦，否则就会变成一介武夫了。其实练拳到了高级段位，好多道理都需要文化知识来理解的，没有文化知识，你们的理解力就会有问题，这样就永远不可能超过教练了。教练可不喜欢比我差劲的队员哦！"

"怎么可能超过居教练呢？至少没有长大之前是不可能的，可是等我们长大了，居教练也老了，到时候不用怎么卖力地打都能赢他了呀。"我一边听着他说话，一边这样想着。

居教练说说笑笑地总算讲完了话，训练开始了。

因为前一阶段大家为了考试，很多队员都没有来，所以今天一开始，居教练给我们体能恢复训练，先跳绳，每人一百个。

顿时，大家嘻嘻哈哈欢笑着跳起了绳子，训练用的垫子上发出了"啪啪啪啪"的声音，谁要是跳不动或者连不下去的话，绳子就被其他队员抢走了，就轮到你看着别人跳了。

队员里有个小师妹，特别厉害，她会两只脚轮流地跳，噼里啪啦就像跑步的节奏，快极了，男队员都跳不过她。

看着她飞快又熟练的动作，再看看一些男队员只会两只脚并脚跳，就像聊斋故事里的鬼跳一样，笑死人了。

没一会儿，大家都东倒西歪的吃不消了，有些人把绳子往地上一扔，人也跟着坐了下来。刚才大家都还在抢的绳子，现在已经被扔了一地，像一条条小蛇一样躺在垫子上了。

居教练喊了一声"整队！"大家"啊"了一声，懒懒散散地从垫子上站起来，直到居教练又喊了一声"快点！"大家才加快了整队的步伐。

我站在队伍里在想，居教练大概又要说我们体能不行要加强锻炼之类的话了。

果然，他就是这么讲的。还要求我们暑假休息的时候，要参加游泳或者跑步的锻炼。

我是经常跑楼梯的，所以感觉还行。我家住在十楼，我经常放学的时候背着书包爬楼梯回家的，也没觉得累。

训练结束的时候，居教练说："暑假里八月份的时候有一次全国公开赛，希望已经报名参赛的队员努力练习，暑假里道场一直为大家开着，只要想练就可以来。"

我因为还小，练的时间也不长，所以没有比赛，但是我很想去看看。

40 公平、坚强和傻帽

　　七月份我去美国旅行了，跑了好多地方，好莱坞影城给我留下了深刻的印象。原来电影里好多地震海啸之类的镜头，都是在人工搭起来的水池里拍出来的，看起来像真的一样，我也是服了那些拍电影的人了。

　　知道了这些"内幕"以后，我就在想那些武打功夫片是不是也是假的呢？这些武打影星是不是真的会功夫？有人说全是假的，也有人说他们会功夫的，李小龙就会功夫，而且很厉害！

　　反正他们会不会，跟我也没啥关系。我可是一个月没来训练了，有点想念教练了。

　　下午的太阳比上午更厉害了，马路上车来车往的都关着车窗，肯定里面都开着空调。走路的行人都撑着伞，难怪雨伞也叫阳伞，遮太阳的时候就叫阳伞了。

　　坐在车里，妈妈开始又跟我讲计划的重要性了："你已经玩了一个月了，接下来要开始安排好暑假作业了，别到时候来不及交哦，再说，你不是还要去看别人比赛吗？那就更要安排好时间哦。"我连忙回答："放心吧，我现在除了训练看比赛，哪都不去了，早上只要眼睛睁开来就开始做功课，这样行了吧？"

"这是你自己说的哦,别一会儿就忘记了哦!"妈妈紧跟着我的话说道。

"是我说的呀,这不就是你希望我说的吗,我主动投降了行了吧?"我回答道。

其实妈妈不说,我也挺着急的,好多七月份没出去旅行的同学,都把暑假作业做完了。他们八月份可以开心地出去玩了,而我的"苦日子"就要来了。谁叫我七月份就先出去了呢?

其实这样也很公平。

下个星期就要比赛了,教练今天又加强了对参赛队员的强化训练。

这么热的天,道场里硬是没开空调。教练说无论天冷天热,都是锻炼我们意志最好的时候,我们是来挑战自己的,不是来享受的。

没办法,只能眼睁睁看着空调在角落里傻乎乎地站着,而我们却挥汗如雨地训练着。

坚强和傻帽,有时候真的很难分清哦。

训练结束的时候,教练"严重"表扬了我们。这是教练自己说的:"今天我要严重表扬大家,每一位队员都经历了酷热的考验,我相信大家的意志力又获得了锻炼,这样很好,所以我想对大家说你们了不起,来,我们为自己鼓鼓掌!"

我也是服了教练了,还有自己为自己鼓掌的。

41 一个问题

2012年的中国夏季公开赛在美丽的太湖之滨无锡开战了。我们道场派出了杭天行、王奇琛、吴安琪等师兄师姐领衔的强大阵容出战。

虽然我没有比赛项目，但是也感觉到很开心，今天一大早就让妈妈开着车从上海来到了赛场。教练说过："我们道场就是一个大家庭，我们都是一家人。"尽管我还不能比赛，但是我可以为队友们呐喊助威！

教练们早早地就站在了赛场的门口，看到我们以后就发给了我们进场的门票。进场后我一眼就看到了师兄师姐们，他们早已换好了道服，在开始赛前热身了。

还有一位我们道场的家长正一个一个为我们的队员在背后缝上参赛的号牌布，只见她熟练地在穿针引线，一针一针，认真极了。

比赛开始了，赛场里沸腾了起来，观众的呐喊声一浪高过一浪，我的声音也被淹没在这震耳欲聋的呐喊声中，但我还是拼命地喊着，为我们的队友加油。

果然不出所料，我们道场在比赛中展现出了强大的实力，上午的预赛和复赛，几位师兄师姐都顺利打入半决赛，而且都是赢得干净利落，动作也漂亮！

看到其他道场几位输掉了比赛的选手在下来以后都哭了，我好像被他们感染了，一阵心酸。可是没办法，这是比赛，总会有输赢。教练平时对我们说的："要想比赛时不掉泪水，就要在训练时多流汗水。"这一刻，我好像真正明白了。

中午休息，大家聚在一起午餐。然后你一句我一句地在讨论上午的比赛情况，哪个动作打得漂亮，哪个对手很厉害，开心极了。

我对他们说："你们下午还要比赛，不能吃得太多哦，否则血液都流到胃里去帮助消化，手上和腿上的肌肉就供血不足没力气了，也不能喝雪碧和可乐哦，碳酸饮料喝多了，肚子上经不起挨拳的。"

几位师兄师姐笑着说："知道！我们就吃一点点，喝矿泉水，你不比赛，多吃点！"

于是他们把自己那份互相均匀一下，多出的全推到了我面前。比萨、蛋炒饭、鸡翅、排骨，还有雪碧和可乐！真的是冰冰凉，透心凉啊！好爽！

下午要开始半决赛了，几位教练来到了我们餐桌前，开始指导队员们下午应该怎么打，哪些细节要注意。坐在边上，我也听得很认真，收获不小！

半决赛开始了，首先是女子组的，吴安琪师姐上场，一分钟不到，对手就被吴师姐两次爆了头，比赛结束。这也太快了吧？吴师姐强！

接着，男子组的半决赛也开始了，杭师兄和王师兄也是没费多大力气就搞定了对手，杭师兄的高腿爆到对方头部的一刹那，"砰"的一声清脆极了！王师兄的拳头厉害，连续几拳打中对手的腹部，对手挨不住倒地，直接被KO了。

等待决赛的时候，教练一边给他们说接下来的决赛要怎么打，一边给他们的手脚按摩了一下,手掌飞快地在师兄师姐们的手臂、小腿上来回地搓着,然后双手又捏了一下肩膀,最后啪啪地拍了两下,喊道:"OK,胜利!"

"胜利!"师兄师姐们齐声回应!

激动人心的决赛开始了!

吴师姐先上场,双方选手按照主裁判的指令,分站两边,互相行礼。一声令下之后,开战了!

"压上去!压上去!"的喊声响彻赛场,作为场边指导教练,居教练的喊声完全压住了对方的教练,只见他双膝跪坐在场边,两手不停地比划着,光头在赛场的灯光下闪闪发亮!

"砰!"对手又被爆头了,吴师姐在一阵快拳之后,终于找到了起高腿的机会,一脚踢中对方头部。接下来的比赛已经没有悬念了,吴师姐顺利拿下冠军!

居教练帮助吴师姐解下头盔,用手掌轻轻摸了一下吴师姐的头,以示表扬。

男子组杭师兄的比赛打得很艰苦,对手非常灵活,杭师兄几次高腿都被对手让开了。对手拳头也很重,杭师兄在跟他拼拳的时候,好像并没有多大的优势,双方你来我往,一直打到了加时赛。

"深呼吸,深呼吸!"高教练跪坐在场边,挺直了腰板向杭师兄喊着,杭师兄听到了,回了下头,这一回头的时间,高教练马上用双手作出动作指导杭师兄,并喊着:"组合,节奏!"杭师兄点头示意听到了。

加时赛开始,杭师兄像老虎一样扑了上去,对手好像跟前面的表现完全不一样了,出拳明显慢了,动作好像也走形了。

没体力了,我有这样的感觉。

杭师兄当然也感觉到了，所以进攻更厉害了。连击的拳头加上膝盖不停地冲击对手的腹部，几次来回之后，对手用手捂着肚子后退了好几步。

对手再一次挨了杭师兄一拳以后，蹲了下去。裁判也出声宣布比赛结束。

杭师兄，冠军！

王师兄的冠军争夺战和杭师兄的一样，也是难解难分。区别就是没有加时赛，因为王师兄的拳头成功地打乱了对手的进攻节奏，对手好像只是很被动地在跟王师兄缠斗，所以慢慢地就进入王师兄的节奏中去了。

快要结束的时候，王师兄一个侧踢，正中对手腹部，对手这下扛不住了。

比赛结束了。王师兄也顺利拿下了冠军！

少年各组别的比赛结束后，我们道场还拿到了不少亚军和季军，几位教练开心地一直笑个不停。

晚上庆功聚餐，这下几个队友开始敞开肚子吃东西了。

队友们拿了冠军，我很开心，不停地祝贺他们，他们在谢谢我给他们加油助威的同时，也问了我一句："你什么时候参加比赛啊？"

是啊，我什么时候也可以参加比赛啊？我也在问自己。

42　高教练的肚子

今天是星期五，下周就要开学了，所以今天也是暑假训练的最后一次了。好像每次暑假的时候，都会有不少新的队员加入，这不，人又多了起来。

蔡教练今天作了暑假训练的总结，说我们经过了两个月高温训练的锻炼之后，明显进步了，希望我们要保持这种不怕吃苦不怕流汗的精神。

我站在队伍里有点不好意思，因为我只参加了一个月呀，好像也有不少队员因为出去旅行而请假缺席的。大概上次比赛成绩不错，蔡教练一高兴就忘记了吧。

蔡教练接着说："下周就要开学了，我们的训练也恢复常规模式，还是一周四训，每星期三、五、六、日，其中周六、周日是下午和晚上都有，希望大家还是能来坚持训练。同时也要抓紧学习和做功课。"

说完，还布置了新的任务。就是按照考核的学时规定，不少学员可以在九月份参加晋级考核了。

我最喜欢考核了。因为不仅仅可以换新的腰带，而且这意味着又有新的动作可以学了。

果然，蔡教练在讲完话以后，开始教我们新的套路了——平安五。

有了前几次的训练体会，我现在学习新动作的时候认真极了，因为这样可以让我又快又好地学会，这和上课要认真听讲是一样的道理。

今天先是初学一遍，主要目的是先记住每个动作的变化，下一次再分解训练每个动作的精准度。我感觉我已经打得很好了，我觉得我在打拳的时候，那个教练讲过的节奏感会很自然地流露出来，我很有信心。至于记住每个动作，我觉得一点都不难，就像背书一样。我很奇怪为什么有些队员总是记不住动作，估计他们背书的时候也是一样的。

记住了动作，就可以跟高教练实战对练了。教练们以前说过，空手道的套路就是为实战准备的，只是我还是不太熟悉怎么把动作在实战中合理地应用起来。

"没有诀窍，就是多练，我们开始！"高教练这样对我说道。于是，我们俩开始你一拳我一脚地"打"了起来。

高教练很结实，拳头打在他肚子上不像那种软绵绵的感觉，虽然没有沙袋那样硬硬的感觉，但也不软，而且我感觉到我的拳头碰到他肚子的一刹那，他肚子上的肉有一下子收紧的感觉，很奇妙。

高教练真的很好，每次喂拳的时候，总是挡我几下就放我一下，让我有出拳成功的兴奋感，只是苦了他的胸口和肚子。

谢谢高教练！

43 三十秒

新学期开学已经两个星期了，我现在读三年级了。就像二年级刚刚开学的时候一样，学校的老师们又给我们打了一套老套路的"拳法"。说三年级了，和二年级不一样了，功课的难度要加深了，作业量也要大了。反正就是这些话，希望我们要努力起来。

我觉得我一直很努力的，因为只有努力了，才能更快地完成作业，这样才能有更多时间干我想干的事情。道理很简单，老师就算不讲，我也会这样做的。

现在我开始慢慢觉得空手道跟学校的学习有点像了。都有新的东西要学，都有旧的要复习，都有考试，考试完了，一个叫晋级，一个叫升级。

我又要面临考核晋级了。

妈妈说我经过了一个暑假，长高了不少。我是没觉得，只不过鞋子和衣服真的小了，这是我长大的最好证明。

"长大了，力气也应该大了，所以六级考核需要实战对抗三个对手也应该没问题的。"这是妈妈鼓励我时说的话。

可是她好像忘记了一件事情，那三个对手也是长大了的对手，不是刚加入进来的小朋友。但是我没把这话跟妈妈说，免得她说我做事情没信心。

反正不管是谁，我努力做好我自己就行了。

都说居教练经验丰富，都叫他"老居"（上海话里就是"老鬼"的意思，形容做事老到、经验丰富的行家），看来绝对是真的，因为他把我们的训练量又加上去了。

实战训练的时候，我明显感觉到他喊停的时间延长了，一开始就有两个队员上来，打到后来有点上气不接下气的样子，每到这种时候，居教练就会大吼一声"三十秒"，意思就是再坚持三十秒。

我感觉那三十秒可长了，有点像NBA的秒钟一样，也不知道他手里的秒表是否真的在走。但是，这个不重要了，重要的是我们的体能好像真的在加强，动作也熟练了，还有就是关键的一点：更能挨打了！

以前被打了几拳之后，总是担心自己会不会被打伤，脑子一这么想，防守就慢了，你一慢，对手的拳头就结结实实地打在你身上。现在不去想这种问题了，所以即使被打到，也是有防守的，对手的力量已经被阻挡过了，也就不怎么痛了。

我感觉做事只要认真，就一定会有效果，所以我觉得下周的晋级考核没有一点问题的。

44 代沟

　　国庆放假在家没事干。空手道的队友们好几个都去参加国际空手道联盟一年一度的国际公开赛了,教练也跟着去了,我们暂停了训练。

　　学校里刚刚开学没多久,期中考试还早呢,作业也不是很多。这时我想起了游泳班的朋友。我们不在一个学校读书,平时也就只有游泳的时候能见到,现在正好放假,我想问问他们有没有时间一起玩。

　　他们都没有出去旅游。妈妈们说暑假里刚刚出去玩过,国庆节就不出去了,再说国庆节外面的人都很多的,网上登出来的照片都是人满为患的那种场面,看看都吓得腿软。

　　我高兴极了,大家约好了一起唱卡拉OK,一起吃饭。

　　妈妈们见面,说的总是那些读书之类的话,哪个学校平均分多少啦,哪个学生又考到哪个中学去了啦……平时我们在游泳的时候,只知道她们聚在一起爱说话,但也没听到过她们说的内容,现在知道了,她们说的还是有关我们小朋友的话题。

　　如果说唱歌是一件开心的事的话,那么在别人唱歌的时候捣乱肯定是更开心的事情了。

　　汪洋是个女孩子,唱的都是那些很抒情的歌,我们几个男孩子不太愿意听这种歌,所以没过多久,我们就开始捣乱了,她唱一句,我们就学鬼叫的跟一句,直到后来我们唱的时候,她也来鬼叫鬼叫地捣乱。

歌是肯定唱不成了,但是我们很开心。

妈妈们说:"你们这些捣蛋鬼,不唱拉倒,你们不唱就让给我们唱!"

妈妈们唱歌,水平肯定比我们高,有点像电视里歌星演唱的感觉,可是那种歌曲,实在难听。妈妈们说我们不懂欣赏,汪洋说这叫"代沟"。

然后我和刘铭宇、沈杰、宋睿阳起哄,一起喊:"代沟!"

妈妈们很"气愤",开始"诉苦",说把我们养大怎么怎么辛苦。这个妈妈说完自家孩子,那个妈妈又接着说,那叫一个配合默契啊!

刘铭宇也开始"反击"他妈妈,说总是不让他干这个干那个,出去玩一下不行,看个电影不行,反正就是不做好功课什么都不行之类的;沈杰和宋睿阳也跟着起哄。妈妈们"气死了",我妈妈差点说再说我们不好就不给我们吃饭了。

不给吃饭可不行啊。

于是,我们又开始说自家的妈妈怎么怎么好了,我们说的还真多!

45　高教练是双料冠军

学校的老师好像真的给我们加大了作业量,国庆节假期结束以后,回家做功课的时间真的比以前多了不少。

数学的计算题开始复杂了,需要一步步地计算,不再是以前那种一看题目就知道答案的题型了。

语文的作文要求开始高了,需要比喻和形容了。老师上课的时候给我们讲什么叫比喻,就是把另一件事情对照着这一件事情来说,让这件事情更清晰、更生动,更容易让读者理解和记忆,还说这就是文学的魅力。

我从来没想过长大后要当什么文学家,但是课堂上听老师讲课的时候,我倒是想到过一个问题:把人和鬼对照着比喻起来,应该是怎么样来描述的?同学们最近都觉得老师的功课布置得很多,有点鬼样,好像没有天使一样亲切了。

妈妈跟我说:"你这周的作业这么多,空手道训练还去吗?要去的话得抓紧时间做作业啊!"

"去啊!当然要去啊,作业多不怕的,我现在就抓紧做。"

可直到吃中午饭的时候,我也只是把数学作业完成了一半,还有语文和英语没做。

我心里想："妈妈不会又说功课多，要不就别去训练的话了吧?"如果她真这么说的话，大不了我就不吃中午饭了，这样节省时间做作业。还好，妈妈没有这样说。

十二点不到一会儿的时候开始吃午饭，这样可以有足够的时间消化，不会影响下午的训练，吃得太饱或者间隔时间太短，都会在剧烈运动的时候出现不适应的反应，这样对身体不好的。

下午一点半，训练准时开始。首先就是宣布九月份的考核成绩。果然，我又顺利通过了考核获得了晋级。

"张逸坤学员经过努力，考试合格，由七级升六级，大家掌声鼓励!"蔡教练又在大声宣读了，这声音听上去最亲切了，简直比听交响乐还激动。其实，这才是我今天必须要来的原因呢!

六级，是黄色的腰带，颜色比以前的橙带要淡了不少，但是很耀眼。

有一个师兄考到了褐带，咖啡颜色的，看上去黑乎乎的样子，但又不是黑色，我觉得还是我的黄色漂亮，虽然褐带的级别更高。

蔡教练又在总结了："祝贺考核晋级的队员，希望他们再接再厉，也希望其他队员加紧训练，争取下一次能参加考核。"

"国庆节期间，我们道场的一部分成年学员和少年学员参加了国际空手道联盟的中国公开赛，取得了不错的成绩。我们的高教练获得了成年组别型手和组手的双料冠军!"

蔡教练话音刚落，道场里顿时响起了掌声，那个掌声跟刚才宣布考核晋级时鼓励的掌声好像不是一个级别的。

我喜欢高教练训练我时耐心的样子，我羡慕过高教练腰里绣着名字的黑带，而我现在对高教练的感觉就是两个字："崇拜!"

训练的时候，我跟着高教练，练得很认真。高教练说："只要努力练，你也会有更大的成绩，超过我根本就不是问题，如果连我都超不过的话，你怎么超越你自己？"

是不是越厉害的人，说话也越是谦虚？

回到家里，洗完澡之后我就开始做作业了，我要先把这些作业"超越"掉。

46　松岛良一先生

今天的训练有点和平时不太一样，因为道场里要来一位客人。

还是下午一点半，大家开始整队。来的队员特别多，但是并没有让我们分组练习，而是让我们移到了剑道馆去集体训练。剑道馆的场地比平时我们训练的地方要大，就是个室内篮球馆，两边的篮球架直挺挺地矗立在那，墙上挂了一面很大很大的旗帜，上面用毛笔字写着苍劲有力的"剑道"两个字，但我觉得这字写得有点潦草，如果给我一支很大的笔，我觉得我也能写成这个样子。

队员们开始笑我，说你这是不知天高地厚，这叫书法。

好吧，书法！下次老师让我们练毛笔字的时候，我也来试试书法，现在打拳，不跟你们争了。

一会儿，赵志炯教练和蔡教练来到了队伍的前面，身边站着一个穿橘黄色西装的人。

这人看上去有五十多岁，鹅蛋脸型，脑门子锃亮，和赵教练的光头有的一拼，不过这人是有头发的，只是额头有点闪亮，眼睛一动不动地看着我们，尽管脸长得很普通，看上去远远没有我们居教练那么凶悍的样子，但是，有一股威严的架势。他的胡子刮得干干净净，看上去很精神。橘黄色西装的胸口绣着一个标志，就算离得很远，我也能认出来，这是国际空手道联盟的标志。黑色的衬衫很平整，没有一点皱纹，胸口的领带好像都是京剧的脸谱，跟老爸的领带都是小花形状的不太一样，但是很好看，下次我想跟老爸说让他也去买一条这样的领带，京剧是我们的国粹，我们老师讲过的。

蔡教练和我们大家互相行了礼，"OSU！"的声音响彻整个剑道馆。我看到那人也是双手握拳，手臂分开两边地喊了一声"OSU！"

蔡教练开始说话了："各位学员，现在向大家介绍松岛良一先生，大家欢迎！"场馆里响起了热烈的掌声。

原来他就是松岛良一先生啊。我早就听老爸说起过空手道里好多厉害人物的名字了。大山倍达是极真流空手道的创始人，一双铁拳打遍了美国，还被美国海军陆战队和警察总队请去做搏击教练，空手就能削断啤酒瓶和犀牛角，所以极真流也被公认为最具实战力的空手道。大山倍达把空手道推广到了全世界，现在有一千两百万人在练习极真空手道。

而松岛良一就是大山倍达的徒弟。他可真是够幸运的，能拜在大山的门下做弟子，看来功夫一定厉害。

从蔡教练的讲话中，我知道了，原来他现在就是国际空手道联盟的代表人，每年奔波在世界各地，推广空手道运动的发展。

今天的训练，好像所有的队员都很卖力，拳脚动起来呼呼生风的样子，吐气出声的时候，喊声像是要把屋顶震塌下来了。

训练结束，大家都希望和松岛良一先生合个影，我跟他合影的时候，真是有点紧张，两只拳头握得紧紧的。

合完影，我对松岛良一先生说："您能为我签个名吗？"他疑惑地看着我。哦，原来他听不懂中文。还好，旁边的赵教练做了翻译，他爽快地答应了。

可是，签在哪里呢？

就签在我的道服上吧。我转过身去，请松岛良一先生在我道服的背上签了名，然后他还友好地和我握了手。手掌很粗糙，但是很有力。

后来我知道，他已经六十五岁了。真的看不出来，空手道难道可以助人养颜吗？

后来我还知道，他和我是同一天的生日。我很高兴，看来这天生日的人，成为空手道大师是没有障碍的。

我信心满满。

47　什么叫卖个破绽

　　很久没有下围棋了,都忘了家里的围棋放在哪儿了,趁在家里玩一会儿的时候,我开始找起围棋来了。

　　妈妈于是就开始唠叨了起来,马上就要期中考试了,你怎么一点都不紧张的啦?功课都做完啦?怎么想到玩围棋的啦?

　　其实我也是一时之间的想法,刚才在书架上偶然看到了很久没看的李昌镐的几本围棋书,所以才想起自己很久没玩围棋了。

　　既然妈妈这样说话了,我只能跟她解释一下:不是想贪玩,就想看一看李昌镐的棋谱,再摆一局而已。至于期中考试的事情,放心吧。

　　妈妈一边听我说话,一边帮我找出来了围棋。然后,我开始一个人边看棋谱边摆局地玩了起来。

　　也许真的很久没玩了,一些以前小时候就明明白白理解的棋局,现在看起来都有些生疏了。我开始佩服起电影里看到过的那些武功高手了,他们不仅武功高强,而且围棋也下得好,还能写一手漂亮的毛笔字。他们是怎么做到的?一天哪有这么多时间啊?

　　下午,开始安心做作业了,我的计划是今天下午把老师布置的作业全部搞定,这样晚上就能开心地去居教练那里训练了。

很奇怪，原来以为至少要做到五点钟的功课，四点钟刚过一会儿，我就全部做完了。妈妈说你再检查一遍，看看有没有做错的。接着她又说道："其实检查自己的作业还有一个好处，就是可以培养你的耐心，你现在慢慢长大了，要学会细致了。"

我充满着耐心地按照妈妈的要求又检查了一遍作业，真的没有错误的地方。

妈妈这下好像没什么话说了。

围棋还是摆在茶几上，反正离吃晚饭还有点时间，我又玩了起来。

晚上训练的时候，我在想一个问题：围棋的厮杀有时候可以故意舍弃一点，以换来更大盘面的优势，有时胜负也就先后一手之间。那么打空手道可不可以也这样呢？就是为了能够爆到对手的头或者给对手有力一击，自己先用手或者脚送给对手打一拳或者踢一脚，也就是三国演义里说的，叫"卖个破绽"。

我一边这样想着，一边训练。总想着找到个机会，卖个破绽给对手。可是，就是不知道怎么个卖法。直到训练结束都没有找到机会。

回家的路上，我一直在想这个破绽的问题。要不下次我问下蔡教练吧。

48 不想生病

天气已经冷了,现在出门都要穿毛衣了。我一点都不喜欢穿毛衣,这样活动起来不方便,总有一种束手束脚的感觉。但是没办法,不穿的话肯定扛不住。

前几天我在学校里还跟同学说,如果在操场上运动以后出汗了,就要把毛衣脱掉,运动结束后就要穿上。如果热的时候不脱,冷的时候不穿,一直穿着毛衣的话,反而容易生病。如果热了脱掉了,但是冷的时候又忘记穿的话,那就等着感冒吧。

几个同学说这样不是很烦吗,我才不管呢,穿着就穿着吧,万一脱了衣服忘记带回家,肯定要被妈妈骂的。果然,有两个不听我的话,生病请假了。

道场里也是冷冰冰的,脱去了毛衣换上单薄的道服还真是有点冷。我干脆先不脱,在道场里先跑上两圈再说。

一会儿高教练进来了,看到我自己在做热身运动,"嗯"了一声,说道:"不错,先运动一下,跑步的时候要注意呼吸,均匀一点,不要张开嘴巴笑。"

换好道服以后,高教练和我一起做了颈部和踝关节的放松运动。这个很重要，空手道是拳脚的剧烈运动，如果不事先预热放松的话，很容易在训练接触时受伤。

放松了身体以后，高教练开始教我新的套路了，他说接下来还要学习好多新的套路：十八、击碎小、击碎大、碎破等等，当然，还有那套"征远镇"。

他说："你现在先要把级别所对应要求的套路学好，不要老是想着高段位的套路，不要主次前后不分，要一点一点地来。"

我学得很认真，基本上高教练做一遍，我就能依葫芦画瓢地跟上。高教练很高兴，说："这样的话就可以留出更多的时间来把每一个动作修正到位，看来你已经慢慢入门了。"

没搞错吧，我已经学习空手道两年多了，才慢慢入门？

可是，高教练既然这样说了，我也不好当面顶撞他，就按照他说的，慢慢地练吧。

场馆里还是很冷，教练们就是这样，不管夏天还是冬天，他们从来不开空调，说这叫作锻炼自己的身心。

现在我也早已习惯了，再说训练的时候，我发现只要卖力的话，就不会冷，还会出汗呢。

训练结束的时候，我马上换下道服穿上了毛衣。妈妈看到后还一个劲地表扬我："嗯，你真的长大了，运动知识现在掌握得不错。"

其实我是害怕生病。如果生病了，就不能去上学，一个人待在家里会很无聊的。

49 要善于创造机会

昨天晚上去居教练那里训练的时候，他表扬了我两句，说我现在的拳比以前硬了不少。能够得到居教练的表扬也是不容易。

居教练一般表扬人的时候，都是一起表扬，大家开心一大片，可批评人的时候，总是一个一个指名道姓地说，把你的缺点、错误讲得清清楚楚，反正大家都被他批评过，所以也没觉得是什么丢脸的事。但是就点名一个人来表扬，还是很难得，很开心！

什么事情只要肯付出了，就会有回报，看来还真不假。看着手上厚厚的皮，有些还没有完全褪掉，有些是新长出来的。这两年，我的手就一直这样反复着，那是打沙袋打的。

我有个习惯不太好，就是皮破了的时候，刚刚长出来一点，我就喜欢去剥那些老皮，痒痒的感觉，有时剥的不小心，还有点痛，很多时候我就在痛痒的感觉中管不住自己。

没办法，尽管妈妈也说了我很多次，但有时痒起来的时候还是忍不住。后来老爸对我说："之所以会痒，那是因为新的皮肤组织快长好了，新老交替的时候，老皮要准备脱落，新皮要变得更加厚实，彼此之间不适应，这个时候的反应就是痒。这时唯一要做的就是忍住，如果忍不住去剥，等于破坏了新陈代谢的过程，那只好重新来过，你觉得有必要吗？"

听过老爸的这些话后，我就尽量去忍住，所以现在好多了。

昨天居教练反复跟我们讲了一个道理，就是打沙袋的时候，拳头一定要握紧。有些队员大概是怕痛，或者其他什么原因，打沙袋的时候总是不握紧，这样就很容易受伤。居教练说了："握紧了再打出去，不仅不会受伤，而且力量也大，打击也更有效。沙袋不会说话，如果不相信的话，你们互相打一拳试试！"

哈哈，我们可不想试，又不傻。

打空手道，拳的力量很重要，还有就是腿法。每次蔡教练、高教练教我的腿法，我总是迫不及待地在居教练那里使出来，然后居教练就会教我怎么样在实战的过程中寻找机会后再使出来。

道理很简单：对手不是傻子，不会傻傻地站在那里等你去踢他。要在对抗的运动中寻找机会，高手还要善于创造机会。

2013年 空手道的感觉

50 配角的荣誉

上个星期,学校的老师让我们做了一场迎接新年的文艺活动。我既不喜欢唱歌,也不喜欢跳舞,所以同学们安排了一个话剧的角色给我,是个配角,只有一句台词,我开心极了。

为了排练,同学们下午放学以后就留下来一遍一遍地练习。有两个同学真的很搞笑,一会儿这句台词背错了,一会儿那句又不对了,搞得"导演"差点没哭出来,一直在跺脚说:"再这样,我们就不玩了!"

没办法,大家只能是先把台词背熟再排练。我是配角,只有一句台词,也就不需要浪费时间了,所以我就拿起书包回到教室,对他们说:"我先去做功课了哦,你们背完台词了再来叫我。"

"不行,你不能走,你既然是一个团队的,就必须留下来,陪着大家一起背,别想溜!""导演"一本正经地对着我大声喊道。

"我没想溜,现在你们背台词,我留在这里也是影响你们,留在这里没用呀!"我必须给他们解释一下,否则被扣上没有集体观念之类的"罪名"就麻烦了。

功课做得差不多了,我留一点回家再做。如果全部做完了,回家没功课做的话,妈妈也会安排其他课外作业给我的,所以我留一点,先去看看他们背得怎么样了。

还好，他们也都背得差不多了，然后我们开始排练。我对"导演"和其他同学说："其实我们不需要按照台词一板一眼地背，把大概意思理解了，临场发挥也可以的呀！"

"可以个头啊，万一想不起来乱说的话，不要被大家笑死啊！"

"导演"不同意我说的，但其他同学都说好，可是没办法，还是要听"导演"的。

就这样搞来搞去，排练了四五天，总算搞定了，最后演出也很成功，有些台词还是有临场发挥的话在里面，这样效果也挺好。

演出结束后，我们还评到了一等奖，还有奖杯！

那个奖杯是属于我们剧组的，每个人在台上都轮流拿一次，举一举。我真的有点不好意思，我就是穿上戏服在台上说了一句话，其他同学比我辛苦多了，还是让他们多拿一点时间吧。

"导演"说谢谢大家对她的支持，她要请我们吃巧克力，每人一块。我赶紧说道："还是我来请吧，你最辛苦，怎么还能让你请客呢，我最轻松，但也分享了荣誉，所以还是我来吧，否则不好意思的！"

后来，我请大家每人吃了一块巧克力，给了最辛苦的"导演"两块。她说我真好，说下次让我做主角。拜托，不要了吧。我们班的这个文艺委员还是"离"得远一点，否则下次让我去唱歌或者跳舞什么的就真的头大了！

今天来到道场训练，心情很舒畅，练拳比演话剧开心多了。

51　主动一点

下个星期就要期末考试了,大家都在紧张地复习迎考。但是我感觉到紧张的不是我们,家长们比我们更紧张。

大家下课以后该玩的还是玩,该笑的还是笑,就跟平常没什么两样,只有老师在不停地跟我们讲这个题目那个题目。没办法,听说我们考试成绩好不好,也会影响到老师的面子问题,做老师也真不容易,难怪老师总是要盯住那些成绩有问题的同学。

大概考试前,老师还能主动地盯一盯,真到考试的时候,主动权就转移到我们身上了,所以,老师现在都在主动找那些他们认为有问题的学生。

还好,老师没找我。所以我今天还是有空来道场训练。

道场里队员并不多,所以今天的训练内容看来又可以练得扎实一点了。

好多队员觉得更高级别的套路很难练,教练已经好几次指导过他们了。可是我觉得还可以啊,反而比低级位的平安系列更容易上手,真的是像高教练说的那样,我开始入门了?

高教练今天给我讲得很认真,不仅仅把动作的要领给我讲了,还把动作的原理也讲了，就是为什么要这样，为什么又要那样的意思。听了这些原理，我更容易理解每个动作的衔接了。当然，也更容易记得住，这个有点像读书的道理，叫作在理解的基础上记忆。

十八、击碎小这两套拳法现在已经没有问题了，接下来就是熟能生巧了。高教练教给我他打拳的经验体会，就是当拳路打得多的时候，你会慢慢地体会到它的真正用意，这样就会达到心意合一的境界。

还没到那个阶段，慢慢体会吧。但是不管怎么样，我还是有一点点能体会到，只是现在可能还停留在用脑子打拳的阶段，哪天能像高教练一样，用心去打拳就好了。

多想也没用，还是多练吧。至少我要学会主动，主动地练，主动地想。这样，面对对手的时候，我也能更加主动。

52　走火入魔了吗？

　　放寒假了，原以为今天来道场的队员应该很多，可是，情况跟我想的不一样，人比正常情况还少。原来，再过几天就是春节了，好多队员都出去旅游或者回老家去了。

　　蔡教练看到我今天来了，高兴地问我："你来啦，春节了也不出去玩啊？"

　　我说："我要过了大年初一才去美国。现在刚放假，妈妈还给我安排了英语和奥数的补习班，这几天要把学习的事情先搞定。"当然，我也要把击碎大和碎破两套拳法搞定。

　　蔡教练冲我笑了一笑，好像很满意我的安排，对我说："来，今天你先打一遍给我看看。"

　　两套拳法打完，蔡教练满意地说："嗯，不错。几个动作再分解一下，你跟着我。"

　　这一跟不要紧，足足跟了有半个多小时，蔡教练把我的每一个动作几乎都纠正了一下。他说："你呢，确实已经打得不错了，但是每一个动作还可以更进一步，尤其在衔接上，还是有一点小小的僵硬，要打得更加从容一点，把自信打出来，把气势打出来，要有一种王者的霸气！"

话是这样说，可是我的身体还没有发育，这么瘦小，怎么可能有王者的霸气呢？

现在可以展现我霸气的地方，就是对着沙袋狂打。

狂打不是瞎打，要注意轻重和节奏。十五分钟后，高教练走到我面前，说道："来，和我对打！"

啊？不会吧，刚刚打完沙袋，还让我打，还是跟高教练打？我刚想哇哇地叫起来，但马上又控制住了。因为我想到了跟高教练打是没有问题的，因为那不是"对打"，而是"我打他"。

一想到这里，我开心了，跑去场边喝了一口水就回来了。

高教练又开始给我喂拳了，有时没打到他的时候，他就告诉我动作哪里不对，动作对了，着实一拳打在他身上，或者一脚踢到他肩膀的时候，他又会说"好，就是这样！"

就是这样有意思：被打了，还说好。

趁休息的时候，高教练对我说："打拳，不是跟对手同归于尽或者两败俱伤，而是怎么样在打倒对手的时候保住自己，所以才需要动作技巧，所以才需要体能，不是去硬拼傻干。你要学会分配自己的体力，找到机会，打出节奏来。"

今天的训练收获很大，我感觉到我开始领会到其中的意思了，尽管还有些模糊的概念，但轮廓好像有了。

坐车回家，我突然问了妈妈一句："打拳跟开车一样的吧，方向盘和油门以及刹车之间需要熟练的配合。"

妈妈说："你没走火入魔吧？快点回家洗澡！"

53 开心和激动

一个月的寒假很快就结束了，春节也过完了，学校也开学了。开心的日子好像总是匆匆而过。

今天见到教练们的时候，大家很开心。我还送给他们巧克力了，是我从美国背回来的，教练开心极了。

过了年，我又长大了一岁，教练也说我长大、长高了不少，还问我是不是春节里狂吃了好东西。哈哈！

今天道场里又来了不少新队员，好像都是老队员的同学或者朋友，他们觉得好奇、很酷，所以也加入进来了。队员越来越多，蔡教练的道场也越来越多，我看他也很开心。

整队了。蔡教练按照以前说话的样子，鼓励我们要坚持努力、再接再厉。正当我在想着蔡教练能不能有点其他新词说说的时候，蔡教练真的说出了让我有点激动的消息！

"今年六月一日，将举办第五回全中国青少年空手道大赛，而且赛场就在上海，所以希望我们老队员加紧训练，争取拿到好的成绩！"

我马上就举手，问道："蔡教练，我算老队员了吗？我可以参赛吗？"

蔡教练冲着我笑了一笑，回答道："你说呢？呵呵，可以报名参赛！"

我没听错哦，我是老队员了，我可以参赛了！耶！

分组训练开始的时候，高教练把我拉到一边，认真地指导了我好多动作。这时我感觉到从来没有过的认真，我要把教练给我讲的每一句话，做的每一个动作，都深深地印在脑海里，让它们流淌在我的血液里。

训练结束后，高教练还说："如果你要参加比赛，那么回家以后还要坚持训练的，记住熟能生巧的道理。"

"放心吧，我保证每天练！"我对高教练说道。

走出道场的时候，我真的开心极了，比刚才来的时候更开心！

54　对比的意思

尽管开学后的功课真的多了起来,但是我的写字速度好像也快了起来,所以放学回家做功课的时间并没有比以前多很多。

妈妈在一边找我说话了:"你看看你现在写的字,三年级的学生了,你觉得比以前写得好了呢还是差了?你自己对比一下。"

"写字和打拳是一样的道理吧,光知道快有什么用?哪天老师看不下去了让你重写,不是要花费更多的时间?"

妈妈这样一说,我还真有点不好意思。可是,老师也没让我重写啊。我对妈妈说:"今天就算了吧,明天开始我一定好好写,今天还要训练呢!"

"随便你,我已经提醒过你了,怎么做你自己决定,你已经十岁了,有些事情自己看着办吧。"

我觉得老师不会让我重写,因为班级里比我写得差的同学好多呢,什么事情不是都有个对比吗?

打拳也是讲究对比。什么叫作好?就是没人比你好了。什么叫作差?就是比你好的人多了去了。

为了比赛能收获不差的成绩,今天蔡教练找来杭师兄给我对比来了,就是那个得了全国冠军的杭师兄。

蔡教练让我跟杭师兄对着墙上的大镜子一起打，先是整体打一遍，然后每一个动作分解，蔡教练来纠正。很遗憾，蔡教练纠正我的动作明显比杭师兄的多。

我在大镜子里看着自己和杭师兄，他比我整整高出一大截呢。"让小师弟和大师兄比，小学生和初中生比，蔡教练也真是会找人，这是对比吗？"心里这样想着，嘴上没敢说，还是很认真地听蔡教练讲解。

休息的时候，杭师兄针对几个衔接动作给我讲了他的体会，关键就是力量在衔接时候的控制，卖力不是瞎用力气，要讲究轻重缓急。

懂了，就像作文里要主次分明一样。

实战训练开始，蔡教练让我和杭师兄试着过招，杭师兄只许防守不许还击。这个规定好极了，我有一种不把杭师兄干倒誓不罢休的感觉。

很遗憾，没有干倒杭师兄，他的头太高了，就算跳起来也踢不到，虽然打到了他好几拳，可是好像没什么用。

"注意节奏，高段腿和低段腿的连接，看看自己的拳，腰部力量……"蔡教练在一边提醒我的时候，我才想起来了，这是技战术的训练，不是拳王争霸。一激动，我把教练的训练意图搞错了。

训练结束的时候，杭师兄悄悄对我说："我觉得你已经很厉害了，拿金牌没问题的，教练眼里，我们肯定都是错误，但在你那个年龄组里，没问题了！"

这话听起来真是让人高兴，悦耳动听！

55　连续

　　前天晚上和昨天晚上，我都去训练了。前天在居教练那里训练了两个多小时的组手实战，居教练教我对抗不同对手的时候，要用不同的战术。

　　道场里正好有个小胖子，别看他年龄和我一样，但体重和身高比我厉害多了。小胖子很勇猛，和我分组训练的时候，总是拼命地压上来，一开始我还真有点不适应。好在居教练刚才跟我讲的战术，其实以前蔡教练也讲过。所以没多久，我就侧身抬膝，用膝盖冲击他的腹部。小胖子个子大力气大，但缺点就是腿脚反应慢，他抬膝防守的速度不够快，被我连续几次撞个正着。

　　昨天我把训练经过跟高教练讲了一遍，高教练说："来，现在把我当成小胖子，再进攻一次。"可惜，进攻没得逞。高教练说："进攻一次不得逞很正常，这个时候你要连续，不能停啊，你一停一喘气，对手也缓过神来了，优势也就化解了呀。所以要连续，有节奏性地连续，让对手顺着你的节奏来，他就被动了。"

　　今天我又来到了道场，趁着星期天，作业已经做完了。

　　星期天的下午，少年组和成年组的时间是连在一起的，蔡教练说既然你今天来了，有没有时间跟着成年组也一起练练呢？看看成年组的队员是怎么打的。

少年组的训练时间结束后，看到成年组队员也陆陆续续地来到了道场。我对蔡教练说："刚才我按照您的意思，保存了部分体力，没有全部用完，跟着成年组训练没问题。"

成年组队员打出的拳跟我们完全不一样，无论是出拳的力量，还是换气时的呐喊声，都充满着精神。

我感觉自己站在队伍里，就像树林中的一棵小草。

来，实战开始！套路打完以后，大家开始分组训练实战了。按照正常规矩，成年队员跟我交手的时候，只许防守不能进攻。

这次，我出手前开始想一想了，也不是一个劲地乱打一气，而是根据高教练给我讲过的，打出节奏感来。可是对手也没跟着我的节奏来呀，我感觉我的进攻反而是被动的。

蔡教练跑过来对我说："你是不是怕疼啊，客气什么啦，打上去呀！"蔡教练真是厉害，这点也能看出来。

我一边保持节奏，高段腿和低段腿快慢结合地并用着，时不时还用拳头冲击对手的腹部。

蔡教练在训练结束后问我："来，说说看跟大人打的体会。"

我想了一想，回答说："他们的骨头比我硬，踢在他们身上的时候，我好像比他们疼。""呵呵"，蔡教练笑了一下，说："那是你没踢到他们的肉，踢在骨头上了。还有呢？"

没等我回答，蔡教练接着说道："成年人的反应速度比你们快，所以跟他们练，可以加强你的反应速度，还有就是激发你的各种手段出来，懂了吗？"

三天的连续训练真把我累坏了。

56　成熟了一点

昨天晚上去居教练那里训练的时候，我对妈妈说："要不你今天晚上休息一下，我自己去吧，我喊个出租车，自己能去了。"

"什么意思啊？真的长大了嘛，不要妈妈啦？"妈妈一脸奇怪地看着我说。

我对她说："居教练道场里的两个队员很早就开始自己去了，他们的妈妈都不送的呀。"

妈妈跟我说："你是不是说徐师兄他们啦？他们家住得近，走走路就到，所以他们家长不用送，这个我知道。我们这里过去太远了，还是我送你吧。"

"住得远又没关系，我喊个出租车不就到了嘛，我的公交卡一直都没机会用呢，我想用用。"我坚持我的想法，向妈妈请求着。

妈妈说："这样吧，今天不开车了，喊出租车去，路上我不说话，听你做主行了吧，就当是我不认识路，你带我去。"

这主意还行，于是我带着公交卡，请妈妈坐了一回出租车。很简单，也很顺利，没有妈妈想得放心不放心的事情，下车刷卡的时候，感觉很好。妈妈还说："哎哟，不好意思哦，今天让你破费了。"

这应该是假客气吧，我心里这样想着。

晚上训练的时候，我感觉很好。被队友打到的时候，也是从容面对，脸部表情也没什么变化；打到队友的时候，也没有表现出很得意的样子，而是继续出拳，连续的。

居教练讲话的时候果然也提到了，他说："打拳的人，一点小痛很正常，一会儿就会过去，我们不要大惊小怪的。有些队员被打到的时候，一脸痛苦的样子，这样不好，容易被对手看出来你不行了，然后对手一鼓作气地进攻你。打到对方了，也不要得意忘形的样子，对手一看你这副样子，反而激发了潜能跟你干，这样都不好，不要让对手看出来你有什么变化。我们要学会老练一点，成熟一点。"

训练结束走出道场的时候，我对妈妈说："要不要我请你喝杯咖啡啊？你陪着我也辛苦了！"

"我今天待遇这么好啊？你又是付车费又是请喝咖啡的，什么情况啊？"

妈妈好像有点不太适应，估计她还没感觉到我成熟了一点。哈哈！

57 不要紧张

上一次跟成年组队员实战的体会，让我觉得这种实战对我的训练效果很好，所以今天下午又来了。不过在开始前，高教练为了让我有充分的体力投入到训练中去，在一开始少年组别训练的时候，让我单独在边上练习套路。

但是，他要求我不是一遍一遍不动脑子地重复打，而是对动作的变化要想一想，等一下说给他听。

其实就是说这个动作为什么要和那个动作衔接起来，这个时候，假想的敌人是不是出现了方位上的变化，根据这种变化，你是怎么应对的。包括转身的变化，拳和脚的变化，轻和重的变化等等。

一个半小时，我就在角落里一边比划着，一边想。几个在休息区等候的家长看到我，投来了疑惑的眼光，一开始我还有点不好意思，感觉自己有点像发神经病的样子，后来也不去管他们了。

就在少年组别训练结束，成年组别还没开始的时候，高教练喊我了，他让我站到道场中央去，然后开始练习高级位的十八、击碎小、碎破等套路。

虽说成年组的训练还没开始，但大家都已经来了，换好了道服就在一边站着呢；少年组的队员换好了便服，可是也没都走掉。道场上就我一人站在当中，感觉有点心虚。

高教练大吼一声："开始，十八！"

这一声喊出来，场馆里所有的眼光都聚拢了过来，真的有点心虚了！可是如果不打的话，那就是被人看笑话了。打就打！

我觉得我应该比平时打得还要好，因为我的眼神都使上了劲，换气出声的时候，声音在场馆里回响着。全场很安静。

三套打完，我转身向高教练示意结束。高教练一边笑着一边鼓掌，成年组的队员也跟着鼓起掌来。几个少年组别的队员还发出了"哇"的感叹。我紧张的心情总算平复下来，长长地舒了一口气。

"打拳的时候，千万不要紧张，一紧张，动作就会变形；一紧张，反应就会迟钝。刚才突然让你站在中间，就是训练一下你不要紧张，表现不错！"高教练对着我说道。

原来如此啊！

跟成年组队员实战的时候，我也不紧张了，一拳一脚打得很放松。我不管对方什么情况，至少先打出自己的战术，打出自己的节奏来。

58 新的和旧的

今天是五四青年节，可是和我们没什么关系。青年们好像也没特别高兴的样子，还是正常来训练的。

我问高教练："今天还是您教我吗？青年节您也不放假休息啊？"

高教练笑着说："放不放假要蔡教练说了算，可是他好像已经不是青年了哦。"

蔡教练听到以后也笑着说："青年放假了，少年没人教怎么办？所以还是别放假了吧。"

整队了，蔡教练说："今天是五四青年节，也是星期六，大家不休息，还坚持训练，这点很好。这样，五四青年节的意思就是推翻旧的体制，迎接新的世界，所以我们今天先教一套新的套路。"

"那旧的套路就扔了吗？"有人这样问道。

蔡教练说："新的要学，旧的也不能扔！"大家哈哈大笑起来。

高教练今天教了我一套"观空"。

正当我沉迷其中，认真学习的时候，时间到了。好像学习的时候如果特别认真的话，时间就会过得特别快，也不觉得累。

高教练说："大家学了新的套路，但是也别忘了老的套路，每一种套路都有不同的战术需求，我们在实战中要灵活应用，这才是套路的目的，有些队员学了新的就忘了旧的，这样不行啊，所以还是要多练，把这些动作融入我们的血液里去。"

实战训练开始了，大概有了跟成年组队友的实战经验，我突然感觉自己踢腿的力量好像大了很多，现在对手被我踢一脚的话，好像脸上都有痛苦的表情。出拳的时候，也是这样。我有一种自己好像是青年队员的感觉。

训练结束的时候，几个队员还跟我说："你看呀，被你踢得痛死了，一会儿肯定有瘀青块了。"

我赶紧道歉："对不起，对不起，不好意思哦！"

59 你猜

　　马上就要过六一儿童节了，学校里组织每个班级都要搞文艺活动。我发现每次搞这种文艺演出的时候，班级里的女生总是最忙的，而且她们是越忙越开心，尤其那个文艺委员。

　　还好，这次没让我再做配角了。因为是综合性的文艺活动，有好多项目可以让我选择。于是我选了写谜语的任务来做。

　　班级同学的家长帮忙买来了厚厚几本谜语的书，我负责在里面挑选，然后挑中的就抄下来，用彩笔写在折纸上，然后再挂在校园的各个地方。活动时，我和另外一个同学负责给前来答谜的同学对答案，如果别人答对了，就给他奖品，然后去把那张折纸拉下来，再换一张新的上去。

　　有不少同学搞不清规则，明明是让他们把竞猜的谜语编号和答案写在小纸条上再到我这里来对答案，他们却直接把折纸拉了下来就跑过来说答案了，这样猜错的话，我还要再挂上去。于是我一有空就守在那里，提醒他们没在明确猜对之前别拉下来。

　　三个要好的同学跑过来，问我那些谜语的答案。我说这可不能告诉你们，否则活动就没有意义了。结果他们说我不够朋友，不就是换个奖品吗？

没办法，我只能说要不送个奖品给你们吧，答案是真的不能说。于是他们就又开心了。

奖品是要和猜对的小纸条一起登记的，少了的奖品要有猜对答案的小纸条来兑换。没办法，只能放学后自己跑到文具店买了三个一样的卷笔刀补进去。

这项工作的好处就是三天下来，我快成谜语大师了。

今天下午去道场训练，几个小队员问我："你们学校里六一节会搞什么活动啊？"

我说："你猜！"

60　第一次比赛

昨天是六一儿童节，又是星期六，好多同学都和家长们一起出去玩了。我一大早就起来了。不过，不是出去玩，而是去比赛了！

第五回全中国青少年空手道大赛正式开战！

根据蔡教练的安排，我一下子就报名了两项比赛，少儿男子组的型手和组手我都参加。

高教练说："就是要全面检阅自己的水平！两项比赛都参加，赛程会艰苦一点，但这对锻炼自己会有好处，所以不要怕！"

上海黄浦体育中心，全国各地的空手道选手齐聚一堂，会场里热闹极了，两台摄像机被两个长长的铁杆架到了空中，不停地高低来回地摇动。

升国旗、奏国歌、观众就座之后，大赛主席宣布比赛开始。

上午先是型手比赛。我跟十二个对手一一过招。前面的平安一到平安三，我打得很好，无论是动作的力度、手脚展开的位置，还是气势，我都发挥出了平时的训练水平，而且应该比平时更好。摄像机一直在我头顶上转，像飞机一样盘旋着。

最后一轮对决就要开始了，一位大师兄跑过来对我说："加油！我刚才听到裁判们在议论了，现在好像你的成绩是最高的。"

我没听错吧?! 如果这样的话,再打一轮我就是冠军了?

最后一轮开始,我健步上场,大吼一声,开打了!

这轮感觉好像不需要用脑子,都在按部就班地施展开来,一会儿,我收拳行礼!

杭师兄没多久就跑过来说:"你刚才在想什么啊,最后第二个转身转错方向啦!"

此时,我才觉察到,好像真的是转错了,我刚才在想什么啊?我慌了神。汗一下子就出来了,不是累出来的汗,是慌出来的汗。

型手比赛结束,因为那个错误的转身,我只拿到了亚军,与冠军失之交臂了。我不知道当时我是想哭还是想笑,一副茫茫然的样子。

高教练跑过来,撸了几下我的头说道:"不错,恭喜你拿了亚军,现在什么都别想,下午组手实战好好打!"

我感觉我的眼睛里已经有泪水了,只是,我不能让它流出来!

下午组手比赛开始,高教练对我说:"注意一点哦,组手比赛的对手们,好多都没有参加上午的型手比赛,所以体力上他们更充沛,不要跟他们耗,打出技术动作来,速战速决。"

我点了点头。还算好,午饭吃了点东西后,上午的事情不再去想了。

前面两位对手都差不多,我没花多少工夫,一阵快拳冲向他们的腹部,趁他们防守胸前的时候,抓住机会就踢出了高腿,直接爆头,不仅取得了优势,也让对手没了信心,很快就拿下了比赛。

第三轮开始,上来的对手要比我壮实不少,这时我就想到了我们道场里的那个小胖子。我跟他绕。

对手果然是凶狠地压上来,我一个侧步让开,想也不想就抬起膝盖往他腹部顶了上去,对手反应比我想象的要快,竟然抬腿挡住了。我接下来的冲拳也跟他对了几下，对手的力气好大。

连续几次低段腿都不起作用，我有点急了，对手大概也是累了，护在胸口的双手有点松懈了，这时，我的高段腿机会来了，"啪"的一脚，直接爆头。对手接下来的反扑虽然很凶，但都被挡住了，我顺利拿下这场比赛，杀进半决赛。

下场的时候，我一屁股坐在地上，累坏了。

半决赛的对手更壮，我拼尽全力，最后几乎把身体都压在他身上，用拳头去冲他两肋，但是对方都扛住了，反而一脚踢在我胸口，我一下子难受极了，但是我坚决地挺住。

比赛时间到，我看到四位边角裁判三比一判定对手赢，只有一位裁判的手势指向我，主裁判跟着挥手，示意对手赢了。

事后，高教练给我解释："其实大家都没有有效的得分，只是对手的动作比较从容，还踢到你一脚，场面有优势。判你赢的裁判，主要是基于大家都不得分的原则下，你的身材比较瘦小，从轻的原则判你赢的。"

看来要想绕开这些说法，还真是要建立绝对的优势啊！

组手比赛结束了，我最终拿到了季军。

高教练说"第一次参加全国比赛，就能拿下型手亚军和组手季军，很不错了，下次加油！"

走出赛场的时候，蔡教练和居教练都看到了我，都向我表示祝贺。可是，我好像高兴不起来。

今天在家，我把自己在赛场上的优点和缺点，慢慢地总结了一下，哪儿都没去。

61 不想了

六一儿童节已经过完了，但同学们好像还挺高兴的样子。这个星期不停地有同学把六一节从家长那里收到的礼物互相交流着玩，两个同学的乐高玩具还被班主任收走了，说是等学期结束，开家长会的时候还给家长。

老师这星期好像开始又在着急那些功课有问题的同学了，跟六一前笑嘻嘻的样子不一样了。也是差不多了，快要期终考试了。

像老师在课堂上给我们分析考卷一样，今天我来到道场的时候，跟蔡教练说能不能把我比赛的情况也分析一下。虽然我自己分析的东西都写在纸上了，那张纸就在我的包里，但这时我觉得不需要看了，因为我看了好多遍，都记住了。

蔡教练说："很简单，型手比赛的时候，你的注意力分散了，是不是在想冠军了？以后别去想这种事情，认真打好比赛就行，比赛的时候怎么可以有杂念呢？"

被蔡教练这样一说，我低下了头。蔡教练接着说道："冠军，可以去想，这是对自己的追求，但这是平时想的，比赛的时候不要去想，比赛的时候就想着打好自己的拳就行了。"

"组手比赛，其实我一直在边上看着，对手比你强壮，体力也比你充沛，但你能感觉到他的技术没你好吗？你并没有淡定地完全发挥出你的技术，只是一味地想用拼劲去干倒对手，能打进半决赛的对手，你以为会是吃干饭的吗？这样不是很吃亏吗？对手都巴不得你这样打呢。"蔡教练接着帮我分析了我战术失误的问题。

他对我说："实际上就是你对你自己的技术运用还不熟练，因为不能得心应手地把技术运用出来，所以才会在缺乏思考的情况下去拼蛮力。"

"还是那句话，意志要用在平时的训练中去坚持，比赛的时候需要的是脑子！"

被蔡教练这样一说，我再次低下了头。看来我的脑子是有问题。

"把成绩全部忘记，今天开始重新来过吧。空手道，挑战的是自己的能力，金牌银牌都是次要的，明白了吗？"

明白了，不想了，现在是训练时间，需要的是意志，需要的是坚持。

62　高年级和高级位

这个星期，学校里的同学们都说是读书以来最开心的日子。期终考试结束了，老师不再像以前那样还给我们分析考卷，就是组织我们玩。游泳、看电影、去科技馆、去博物馆……

我们结束了小学低年级阶段的学习，下个学期就是高年级同学了，还要搬到高年级的校区去上课，要换新的学习环境了，所以这两天同学们都有一种被"解放"的感觉。

可能是这几天玩得有点累了，早上起床的时候，我看着窗外发了一会儿呆，"高年级是个什么样子的呢？"我难得有空在早上想想问题。

"了了，在想什么呢？"妈妈走过来跟我说："放假了，把旧的书归类理好，把暑假作业做个安排，快点去刷牙洗脸，今天还要去训练的哦。"

妈妈总是这样，一直在替我着急。

"三天，给我三天时间，我自己想一想，别管我行吗？我都是高年级的学生了，我自己安排自己好吗？"我这样对妈妈说道。

其实我也没什么想法，就是想感觉一下，没人管是个什么样子的。令人高兴的是，妈妈答应了。

高年级跟低年级应该差别不大，就像高级位和低级位也没啥太大区别一样，我前些日子不也已经五级升到四级了吗，现在已经是绿带选手了。

好像唯一的区别就是绿带上绣字了，国际空手道联盟的字样看上去威武极了，这样大家都知道你是干什么的了。

下午来到了道场训练，蔡教练笑嘻嘻地问我们大家："怎么样，考试结束了，大家的成绩怎么样？"

没有人会在道场里说自己成绩不好，我觉得高教练问了也是白问。

高教练笑着说："学校放假了，会轻松一点，但我们道场的训练算是真正开学了，我们的暑假特训班下个星期就要开始了。前些日子已经升了绿带以上高级位的学员，希望你们用更高的标准来要求自己，看看你们腰带上绣的字，拿出你们的精神来！"

照蔡教练这样的说法，好像更艰苦的日子就要来了，不过，一想到高年级和高级位这两个词，我就有种神气的感觉。

63　领先的感觉

为了在新的学期快速地适应四年级的学习,同学们的妈妈们像商量好的一样,都在暑假给我们报名参加各种学习班,有数学晋级练习的,有英语 SBS 的,有语文写作的,反正就是暑假没有暑假的样子,还是得上课,只不过换不同的地点去上。

放了暑假,连游泳班的训练课都多了,现在是每天一小时。那个王教练又买好了好多游泳眼镜,等着我们去上课呢。看来他又没有时间去谈恋爱了,我觉得他应该也找一个游泳教练去恋爱,这样就算是上课的时候,大家都能见面。

学校里好几个同学听了我的建议都来找王教练训练了,都说原来学游泳的地方不行。小学毕业的时候,游泳要作为体育课考试的,都怕到时考不及格。

我也不知道他们为什么都来问我。妈妈说:"这不明摆着吗,他们在学校体育课上游泳游不过你,当然要问你在哪里学的了,其实你们这些同学的妈妈也早就问过我了,我也推荐去王教练那里。"

暑假里跟同学们见面,好像比在学校里更加亲切,我在水里也跟他们"亲切亲切"。可是,不一会儿,就被王教练喝止住了:"开什么玩笑,没跟你们说过吗？游泳池里不准瞎玩，想出人命啊！"

没办法，只能自己游。出发没多久，就感觉到后面没人了，等我翻身游回来的时候，看见他们正用传说中的"狗刨式"在拼命追赶呢，心里一想发笑，冷不丁吃到一口水。

王教练训练结束后做总结——好像教练都要学会总结的本领吧。他说："我不管你们以前是什么基础，到我这里来，就按我的要求练，这样我就能保证你们的水平，还有就是不许打闹，想闹的找我闹，我让他尝尝喝水的滋味。"

"王教练，你不会把我这些同学都吓跑吧？"我心里这样想着。

走出游泳池的时候，同学向妈妈们告状了，说我"请"他们喝水。没想到妈妈们说："好啊，水喝多了么就学会了呀。"还让我监督他们呢，这些妈妈们真是开明，不错！

晚上吃过晚饭，我对妈妈说我想去空手道馆训练，我要练练自己的体力极限。

还有一件事就是，领先别人的时候，感觉挺好的，我想保持这种感觉。

64　楼道里的灯

忙碌的暑假过去一半了,我的"加班"学习也都完成了。补习班也有考试,也有家长会。还好,老师对我是表扬多过批评,妈妈也就不多说什么了。

其他几个同学也是如释重负的感觉,说现在开始才算是真正的暑假开始了,他们说从明天开始可以睡懒觉了,想想就开心。

妈妈八月份要带我出去旅游两个星期,所以今天来道场训练的时候,还要跟蔡教练请个假。

我原来以为蔡教练会说我偷懒,没恒心。没想到蔡教练很开心地对我说:"好啊,多出去看看外面的世界,长长见识,这样更加有利于你在学习空手道过程中的感悟,祝你玩得愉快!"这真是有点出乎意料。

因为今天是旅行前的最后一次训练,所以训练量增加了。蔡教练还教了我一招外摆腿下劈的绝杀技。看到蔡教练给我示范的时候,动作漂亮极了,可是等到我自己练的时候,就有点"四不像"了。有些事情就是这样,看别人做起来简单,自己做的时候就难了。

好在我不仅仅有时间,还有信心,努力练吧!

训练结束的时候,蔡教练走到我身边,然后把我妈妈也喊来说了几句话，高教练也来了。蔡教练说："8月25日的全国空手道无锡公开赛你们赶得回来吗？"妈妈说："我们20日就回来了，可以参赛的，没问题。"蔡教练接着对我说："那就好，那如果你按计划参赛的话，希望别耽误训练，反正动作和技术要领都已经跟你讲过了，希望你有空的时候多练练，这二十几天没人指导你了，要靠你自己了，行吗？"

"没问题，教练放心，我只要有空，就会练的！"我一边答应着蔡教练，一边还在做着下劈的动作。

回到家里，我跟妈妈说："你先坐电梯上去吧，我走楼梯。"妈妈说："今天算了吧，快回家洗个澡，你也累了。"

"不行，我走楼梯。"我回答得很坚决。

今天走楼梯跟以前不一样，我三格一跨，而且是蹦直的，大腿和小腿之间没有弯曲，这就是外摆腿下劈的动作，样子很怪，自己也想笑，还好楼梯里是没人的。声控灯光随着我的脚步，一层一层地亮着，直到我回到家门口。

65 比赛中的尝试

2013年全国空手道无锡公开赛今天打响了，我参加了男子少儿组的组手比赛。

昨天晚上我从上海赶到无锡，早早地就入住了酒店。我要保存我的每一份体力，留到赛场上，留给我的对手们。

虽然两个星期的欧洲旅行有点累，但是这好像不影响我的兴奋感。

今天一大早，我就在赛场门口见到了蔡教练和居教练。他们见到我后很开心地跟我打着招呼，把事先早已替我领好的参赛号牌交给了我，并鼓励我："别急，注意节奏！"

一会儿，我们道场参赛的其他几名队员也来了，居教练开始召集大家赛前热身了。

赛场里人山人海，热闹极了。一个超大的电视墙时刻在播放着场馆里的动静。运动员、裁判员入场，升国旗奏国歌之后，观众坐回椅子上发出的"吱吱嘎嘎"的声音也是同样的响亮。

各组别的比赛分不同的区域开始了，我的组别在二号赛区。

今天碰到的第一个对手也是个小胖子，好像是从武汉来的。跟小胖子对阵，我还是有点经验的，果然，我还没绕几圈，小胖子就着急攻上来了。我抬起左脚就从正前方踹了出去，正好踢在他的前胸，虽说他的两只手臂做了格挡的动作，但是毕竟胳膊肘拗不过大腿，还是被我踢进去了。小胖子往后退了好几步，还没站稳，我又一个跨步跟进，跟着一记高段腿，"啪！"正中头部。小胖子好像有点不行的样子捂着头。裁判走上去了，问了他几句有没有问题、是否继续的话之后，比赛继续进行。

我觉得我赢下这场比赛没有问题，所以我想改变一下我的打法，我要跟小胖子拼一下我的拳，试试我的拳头跟大体重选手之间的感觉。

这下压力来了，小胖子不仅没为刚才的形势退缩，反而鼓足了劲头像报仇一样，他的拳很重很重，我格挡他的手臂明显在痛。

但是我不想改变战术，我就是想跟拳重的人拼一下拳，我相信我的拳也不轻。

小胖子大概刚才打得急了一点，一会儿拳就慢了下来，在挡开他一拳之后，我的拳顺势也冲了出去，一下，两下，三下，连续的拳，小胖子退了两步弯了下腰。这个位置太好了，趁他弯腰，头部下来一点的时候，我的腿也本能地踢了出去。我轻松地赢了这场比赛。

下场以后，居教练撸了一下我的头，说道："抓紧休息，拼拳拼得痛吗？怎么想到去拼拳的呢？接下来还有好几场比赛不用拳啦？"一边说着，一边帮我按摩手臂。

居教练的担心不是没有道理的，当我赢下了接下来的两场比赛以后，手臂开始痛了。

半决赛的时候，我几乎每挡对方一拳，手臂就痛一次。上次比赛的情况又重演了：互相不得分，但对方优势比我多，还是三比一。

最后，我拼下了季军，又是季军。

不过，这次我的感觉不错，没有什么值得后悔的。赛后我对蔡教练和居教练说："至少我试验过了，至少我明白了比赛和训练是不同的打法，训练的时候，每一拳每一脚都可以拼尽全力，比赛的时候，要尽可能地把体力留到下一场，要尽可能地避开对方的长处，发挥自己的优势。"

蔡教练笑着对我说："你进步了，这比金牌更重要！"

道理想明白了，心情也好了。第二天，我游览了太湖边上的三国城，三国演义里的故事仿佛就在眼前。

复习和拓展

开学后就四年级了,我们搬到了高年级的校区继续我们的学习。老师也都换了,听五年级的同学们说,这些老师的教学方法跟低年级老师不一样了,你们要学会改变自己的学习方法。

上个星期是教师节,同学们自己动手做了礼物送给我们的新老师,我把我在上学期拿到的空手道亚军的奖牌拍了一张照片,然后做在了卡片的封面上。我给老师这样写的:"今天的我还不是最好的,但明天会!谢谢老师对我的教育。"

老师收到后很开心,她们都说没想到你个子小小的,还是武林高手啊!

我哪里是什么武林高手,只是一个刚升上四年级的小学生而已。我被老师说得有点不好意思。

新学期的学生干部轮选中,我选上了大队干事,英语老师还让我当了课代表。这下有点麻烦了,要忙了。

老师们开始要求我们上课记笔记了,这样可以更好地回家复习老师的讲课内容,而课本上一些基本的内容,老师让我们自己做好预习和复习的工作,我们要学会自学了。

这个我喜欢的，预习的时候，可以根据自己的想象去理解书上的内容，我这个人本来想法就多，这样一下子就感觉到书本里的乐趣了。

昨天在道场训练的时候，我跟高教练说："你能不能在教我打拳的时候，把你的动作录下来，这样我回家以后可以看着你的视频再复习一下。"

高教练爽快地回答说："好啊！这样最好了，这样你随时都可以复习了。"

看着高教练高兴的样子，我又对他说："我们读书的时候还要学习课外的知识，还要去外面补课，那我现在打空手道，是不是也要学点其他种类的武术呢？这样会不会提高我的空手道水平呢？"

高教练笑得很开心，对我说："看来你真的是高年级了，说得太对了！大山倍达当年就学过少林达摩十八手！"

"这样吧，如果你愿意，我可以再教你双节棍，这样可以加强你的关节灵活度和距离的控制能力。"高教练继续对我说道。

我简直太高兴了，双节棍甩起来的时候我是看到过的，太帅啦！

67　同学的生日聚会

前两天，班级同学施泽天对我说，他要举办他十周岁的生日 Party，邀请班级同学一起来参加，想让我表演一下空手道。我想了一想，勉强答应了，毕竟施同学是好朋友，我不能扫了他的兴致。

下午三点多，我背着我的空手道包来到了衡山宾馆 Party 现场。只见现场到处扎着彩带和气球，有个小丑头顶着个高帽子在为同学们当场制作各种形状的气球玩具，有人在给同学画肖像画，还有人在教大家变小魔术等等。Party 真是不一般的热闹啊！

同学们看见我来了，还带着个包，都奇怪地问我是否要表演节目，我故作神秘地说等一下你们就知道了。

生日大餐吃完以后，表演正式开始了。先是杂技表演，台上的演员把碗放在头上，一个一个地叠起来，而且越叠越高，我和同学们目不转睛地盯着，都为他们捏了一把汗。我知道台上一分钟，台下十年功，之所以有今天精彩的表演，其中的汗水和泪水也只有他们自己知道吧。

接下来是训小狗表演，小狗们在驯兽师的指挥下，一个个都非常听话，让干啥就干啥，逗得我们哈哈大笑。正当我看得入神的时候，施泽天妈妈走到我边上，悄悄地对我说："坤，你可以换服装了，马上就轮到你了。"我一步三回头地离开了，去更衣室换道服。

"接下来，请我们班张逸坤同学为大家表演空手道！"随着主持人报幕结束，我走上了舞台。

台下一大群人，我还真是有点紧张，这毕竟是我第一次表演。反正我上台之后，脑子里是一片空白，只有空手道的招式在我脑中浮现。

马步、转腰、冲拳、挥掌、唤气……一个个动作施展开来，感觉自己也已经进入了角色，耳边也不时听到"哇！厉害！好棒！"之类的声音传来。

表演结束了，台下响起了热烈的掌声。我不好意思地对大家行了礼，走下了舞台。

"坤，没想到你这么厉害呀！"同学们一个个上前拥抱了我。"还好，还好"，我有点不好意思地说道。

"过分的谦虚就是骄傲，你就别客气啦！"

唉，同学们的口才真是厉害！

回到座位上，还没等我喝上一口水，很多妈妈就来到我身边，说："没看出来你练空手道这么厉害啊！下次我们过生日也请你来表演好吗？"

"好吧。"我回答得有点勉强，倒不是说不好意思，其实我不太想表演。

"施同学，这下你算是帮我做了广告了。"我心里无奈地想着。但是一想到能为好朋友的生日尽一份力，心里还是蛮高兴的。

68 后回蹽

上个星期是国庆节假期,这些新老师也真是够狠的,布置的作业都快跟以前的寒假作业差不多了,我是紧赶慢赶,总算都赶出来了,可是假期也都结束了。速度慢一点的同学足足做了七天。所以这两天,同学们都是一副垂头丧气的样子。

还好,这个周末的作业倒是不多。昨天在家做了一天的作业,总算都完成了,今天晚上再把课文背一下的话,明天就能交差了。

下午,我依旧来到了道场,跟着高教练训练。

高教练说:"你把蔡教练教你的外摆腿下劈的动作再练一遍我看看。"

我高抬腿原地跳了几下,活动了一下韧带,认真地做了起来。高教练问了我一个问题:"如果你这个下劈一下子没有劈到对手怎么办?"我说是呀,我也在想,虽然这个动作威力大,但是如果对手让开了,我的下劈腿落地后干什么呢?

高教练让我闪在一边,说了句:"你仔细看好。"高教练粗壮的大腿高高地摆起来,然后就是一个下劈,接着停顿了一下,说道:"看好!"然后就把刚落地的腿作为支撑腿,左腿马上又横扫了过来,就在左腿刚落地的一瞬间,身体迅速地作了三百六十度的转身,右腿又扫出了高腿。一气呵成，干净利落！

"后回蹴！"我喊出了激动的声音！

"对，后回蹴，现在开始我教你！"哇，真是太好了！

我开始跟着高教练在原地打转，转得我晕头转向。我得转多少次才能学会啊？

不过我没有失去耐心，就算好几次自己转倒了自己，我也是自己笑笑，爬起来继续转。我一定要学会这招，我知道这招的威力太大了，大腿的力量本来就大，旋转以后有了惯性，力量就更大了。就像跳远的时候需要助跑一样的道理，都是把惯性的作用力加上去，这个我必须要学会，不管转倒自己多少次。

晚上吃完了晚饭，背好了该背诵的课文以后，我又在客厅里开始转了起来。

我坚信一点，熟能生巧，只要坚持就一定能做成！

69　专业一点

　　昨天晚上去了居教练那里训练实战，来的人还不少。没见到王师兄，大家有点奇怪，他平时的训练可是从来不请假的，肯定有什么事情，生病了？

　　吴师姐的爸爸倒是消息很灵通，他说王师兄已经初中毕业了，考进了上海体校，改行学散打项目去了，所以空手道的训练可能要有段时间不会来了。哇，空手道加散打，这下岂不是更加厉害了！

　　训练开始了。居教练又在教新队员基本的攻防动作了，每次有新队员或者小队员来，居教练总是先教会他们一些基本的动作要领，然后一定会回过头来对着老队员也吼上几声："你们也都看好了，有些人都练了很久了，还搞不清楚，别讲话，看清楚！"所以，要想不挨骂，最好在居教练那里少讲话，听他讲，多听多练，别偷懒！

　　分组轮流对抗训练开始了，几个老队员开始很有默契地"打"了起来，脚步移动得很快，一副忙碌积极的样子，可是出拳到底有多重，大家心里都明白的，大家谁也不愿意跟多年的队友用尽全力，把动作做到位就行了。

　　"干什么，请客吃饭啊，这么客气？平时不好好练，不把力量和感觉练出来，赛场上怎么打赢别人啊?"居教练又盯住老队员了。

"想试试下劈和后回踢的感觉吗?"我问徐师兄。他说："啊，你练会了吗?你可别在我身上练，一会儿去其他人身上练吧。"他装出一副很害怕的样子。

换对手了，这次是曹大师兄，而且居教练说了，是自由的拳，自由的脚，那就是随意的意思了，曹大师兄只防守不能进攻的，我心里暗喜。

几次出拳以后，尽管曹大师兄人很高，我还是一记外摆腿劈了出去，曹大师兄一愣，向后退了几步，差点被我劈到前胸。站在一旁的居教练马上发出声音提醒曹大师兄："注意力集中，怎么闪躲的?"这显然是在说曹大师兄防守动作有失误。

反正居教练说自由的拳自由的脚，我可不管曹大师兄有没有准备，马上又是一记后回踢，这记后回踢我练了快两个星期了，我有把握踢出来。

虽然没踢到曹大师兄的头，他实在太高了，但是肩膀上还是"啪"的一声踢到了。

"漂亮!"居教练像是知道我要干什么一样，我的动作刚做完，他就发出了声音。

场馆里好像好多人都看到了，至少听到了那清脆的声音，我开心极了。

训练结束后，居教练对我说："你现在会的动作还真不少啊，但是，要多练，练得更快、更强一点，你现在踢是踢出来了，但动作的爆发还不够快，我在边上一看就知道你要干什么了，动作不够隐蔽，要多练，专业一点!"

原来这样，难怪他说"漂亮"时这么快，其实不是他快，是我慢了。

70　一日赶三场

今天早上醒来很舒服，天空晴朗，一丝凉意让人感到清新，深吸一口气，顿时有了精神抖擞的感觉，我充满活力地出门了。

今天是个忙碌的日子。

中小学生奥数竞赛上海赛区的比赛今天上午九点开始，作为学而思学校的代表，我要为老师和学校去争取荣誉。当然，也为我自己。前两天老师辅导我的时候还问我有没有信心？我说："三等奖没问题！"结果，被老师既严肃又亲切地说了一通："对自己这么没信心啊？就这点要求？上两届的同学拿的都是一等奖哦！"

呵呵，老师总是喜欢在比赛前"抽"学生，好让我们像马儿一样飞奔。

我不知道自己能不能飞奔起来，马路上倒是一大群人在飞奔。2013年上海市马拉松比赛也是今天开跑，好多道路封锁了，所以我只能绕路来到奥数考场。

我是很佩服这些马拉松选手的，四十多公里的赛程，两个多小时就搞定了，这需要的不仅仅是体力，更多的应该是毅力吧。等我长大了，我也去试试！

"想什么呢？"老爸在问我了。我赶紧回答他说："没有啊，在想今天马拉松冠军会是谁？不会又是非洲选手吧？"老爸说："估计是的，他们好像就为跑步而生的，每天都在奔跑……"

"绕到奥数考场会很远吗？"我存心打断了老爸关于非洲选手跑马拉松的话题，因为再说下去，又是艰苦训练、做人做事也是同样道理之类的话了。我觉得老爸的水平比我们校长高，讲起道理来有板有眼的，一层一层的，像山峰一样，层峦叠嶂！

提前二十多分钟到达考场，老师和好多同学都已经就位了。不过还好，老师没像平时一样盯着我们做题，而是跟我们说说笑笑，还问我们早饭吃了什么，说自己都没吃呢，等我们一会儿开考了，她再舒舒服服地去吃早饭。老师也真是操心了！

两个半小时的考试很快结束了，大多数题型都是平时做过的，只有两道题有难度，还好，其中一道我想出来了，这个我有把握的，还有一题不敢说了，看阅卷老师的眼力吧。

刚出考场，老师就等在门口了，笑嘻嘻地问我们考得怎么样，看样子早饭吃得不错。

"一等奖有点玄，二等奖看阅卷老师眼力吧，三等奖没问题。"我一边急着走，一边回答老师。

"不错不错，辛苦了，中午好好吃一顿，慰劳一下自己！"老师这话有点陌生，平时在老师嘴里，三等奖之类的话题就像是我们犯错误一样的，今天怎么突然客气起来了呢？我很好奇她刚才去吃早饭到底吃得是什么？

大家都在交流考题，我没时间了，跟老师说了声再见就飞奔出门了。老爸已经在车里等我了，马上要赶去七宝的赛场。

2013年上海市大、中、小学生空手道锦标赛也是今天开战！

因为和上午的奥数竞赛有冲突，无奈没赶上空手道比赛的预赛。蔡教练前两天还安慰我呢，上海市的市级比赛错过了也没关系，下次全国比赛有的是机会。

组委会对我有个特别的安排，就是在下午一点钟，在预赛和决赛中间休息的时间段里，为全场观众和参赛队员演示空手道高级套路。蔡教练向组委会推荐了我。

表演嘉宾只有三位，第一位是个老伯伯，看上去六十多岁了，他表演太极拳推手——空手道的比赛邀请了太极高手来表演，因为组委会认为天下武功是相容相通的。

我被安排在第二个出场，全场响起了震撼的音乐声，主持人不紧不慢非常清晰地向大家介绍到："在以前封建朝代，武士们离开家乡远征，他们需要在漫长艰苦的军旅生涯中保持充沛的体力和旺盛的斗志。空手道基于这样的背景，创立了一套拳法，这套拳法长而慢，以骑马立为基本姿势，配合了腿法、拳法和手刀的进攻招式。练习者初学时会觉得很累，尤其腿部，这需要一个坚强的心来支持自己，而不轻易放弃。这套拳法就是空手道高级套路'征远镇'，它的意思就是进军，进军！"

现场的观众发出了"哦、哇、呀"好奇的声音，主持人继续说道："难得的是我们的少年选手中已经有学会的选手了，下面，我们掌声欢迎张逸坤选手为我们表演'征远镇'！"

全场掌声响极了，我看到好多队员们都站起来在鼓掌，尤其我的那些队友们。

"哈！"在我发出第一声后，全场顿时安静了下来，只有我的拳、我的脚在空气中挥动，我的脑海里根本没有想法，就是用尽全力打好每一拳、踢好每一脚、扎好每一个马步！

表演结束了,在全场观众的掌声中,我觉得这是我打得最好的一次"征远镇"!高教练和蔡教练在我下场后,都开心地为我翘起了大拇指!

　　轮到第三位表演嘉宾出场了,场上搬来了三块很大的冰块,在手推车上推进场的时候,不停地冒着"烟气"。这是成年选手要表演冰破,就是一拳砸下去,三块分层的大冰块被一起砸碎!"哇!"现场的惊呼声响彻场馆的每一个角落!

　　十年,再练十年!我也能做到!我心里羡慕之余,也默默下了决心。

　　离开赛场,我又飞奔着赶去英语课堂了,英语学校的老师等着给我们做辅导呢。下周,英语竞赛要开始了!

71 磨和练

  天气越来越冷了,道服又很单薄,昨天晚上在居教练那里训练的时候就觉得受不了,没办法,只能不停地运动。

  今天下午有点阳光,照在道场里虽然只有一小半,提高不了多少温度,但看上去感觉很好,没有阴冷的感觉了。

  按照常规先是穿着毛衣做热身,然后一件一件地脱掉,最后换上道服。蔡教练进来的时候,还笑呵呵地说了句"今天好冷哦",然后就去换道服了。我还真佩服他,也不做热身就换上了单衣,适应性真是强。

  道场里晚到的队员开始跟着蔡教练做热身。我因为已经热身好了,蔡教练让我先跟着高教练做做挥空拳的舒展。

  我对高教练说:"挥空拳没意思的,要不您教我双节棍吧?"

  "好!但是只有十分钟哦,想再练的话,只能等空手道训练结束后再练,否则就是不务正业了哦。"高教练爽快地答应了。

  别看高教练身材有点胖,但是打起拳来动作却很迅速,硕大的身材还特别增加了威猛的气势。耍起双节棍来,同样如此,虎虎生威的!

  由于平时练得少,动作不敢做得太大,所以同样是一副双节棍,在我手里的时候,跟在高教练手里的时候,就是天壤之别。还有几次不小心想耍溜，结果还耍到了自己身上，痛！

高教练笑着说："看来训练双节棍蛮适合你的，你一有疏忽或者不动脑筋，就会自己打自己，这样你容易记住哦。"

"这是什么话？我练拳不打到自己的时候，难道就记不住吗？"我心里这样想着。

十分钟很快过去了，高教练开始对我进行拳脚的训练了。现在开始组合训练了，就像居教练说的那样，要多打，就是把拳脚组合起来，把进攻和防守组合起来，做到进攻之中有防守，防守之中有进攻。

空手道需要的意志力又开始考验我了。高教练的水平也真是"高"，每隔一段时间当我进攻无效有点着急的时候，我总能"碰巧"地打到他几次，然后又鼓足了力气继续下去。

纯粹的喂拳越来越少了，每一次击中，都需要我连续不断的努力才能奏效。一个半小时就这样磨过去了。

训练结束的时候，我不再提双节棍的事了，因为我已经打不动了。除非我拿双节棍跟高教练徒手再打，哈哈，这是不行的！

72　小小的想法

下个星期就要过圣诞节了，妈妈提前在家里点亮了超市里买来的圣诞树，小灯光一闪一闪的，还在玻璃窗上贴上了圣诞老公公的贴纸，家里的过节气氛一下子浓郁了起来。

今天在居教练那里打沙袋训练的时候，又有几个队友挨骂了，居教练说他们把拳打得砰砰响，但是脚步移动没有节奏，体力分配不均匀。果然，一阵拳脚下来，沙袋还是毫无反应地挂在那里，可是队员们已经上气不接下气了。

居教练说："沙袋就傻傻地挂在那里，你们的脚步还不知道移动，那如果是对手，一个活人在你面前的时候，你怎么打？拜托你们动动脑子行不行？"

还好，我被骂得不多，居教练今天把精力都放在动作有问题的队员身上了，所以训练好晚上回到家里也不觉得累。

妈妈催着我抓紧完成作业。写着写着，我突然放下了功课，把那棵圣诞树开亮后挪到了客厅的中间，我开始假想圣诞树就是对手，隔空练起步伐来了。

我围着圣诞树绕来绕去，不时地打出挥空拳，然后配合上踢腿，一会儿又假想对手进攻上来了，我侧闪和格挡。

"神经病啊！是不是有毛病啊？"妈妈从房间里出来喊着话。

"没有啊，我练练步伐。"我一脸无辜地回答妈妈说道。

圣诞树上的小灯珠依旧一闪一闪的，像是在给我打节拍，上面挂着的小圆球、小雪花，像是给我指明了进攻的位置一样，我围着圣诞树绕了一遍又一遍。

我问妈妈说："这圣诞树上的小灯珠可以调节快慢吗？我想把它调得慢一点，这样它一闪，我就打一拳，它一闪，我就踢一脚，它闪到哪里，我就打到哪里。"

妈妈一脸苦笑，可是我没觉得好笑啊！她不说，下次我去问问教练，有没有这样的自动训练器，能直接打实拳的那种。

2014年 空手道的节奏

73 时间的感知

老师说光阴似箭，又说时光如流水。我觉得这是自相矛盾的说法，箭和流水怎么可能是一样的速度呢？

但是不管怎么说，时间还真是过得快，再过十天又要期末考试了。我现在对于期末考试和期终考试是蛮开心的，因为考完了就可以放假了，不像期中考试，照常上课没假放。

上个月道场里又有几个队员参加了晋级考核，今天蔡教练又来宣布结果和发放新的腰带了。我因为是高级位选手了，对训练累计的时间有要求，要三月份才能考核。

看到几个已经读初中的队员才刚刚考到蓝色和黄色的腰带，我觉得蛮怪的，他们学得也太晚了吧？他们读小学的时候为什么不早点来练呢，这样早就可以是黑带了吧。

"浪费时间，他们现在肯定在后悔。"我自说自话地在队伍里想着。

蔡教练又在新年致辞了。我现在觉得他讲得还真是有道理，不像前两年那样觉得啰嗦了。他说："大家训练也好，或者做其他事情也好，最好有个计划安排，然后按照计划，有条不紊地去执行，这样会帮助我们心智的健康成长，希望我们在新的一年中，每个人都要有自己的计划。"

我的计划是三月份考到二级褐色腰带，九月份考到一级。想归想，难度还是蛮大的，这只是理论上的进度，很少有人这么快的。尤其对我这样的年龄组队员来讲，体力跟不跟得上是个问题。

难怪高教练对我的训练，最近一直在强调体力的问题。

高教练最近"折磨"我的时候想了一个新招：让我背靠着墙下蹲，然后大腿和小腿之间做垂直的角度，让我尽可能地坚持。

一开始还能撑住，但是我发现这样傻蹲着太无聊，一无聊，就感觉发酸，然后就坚持不住了。我说："高教练你和我说说话吧。"

高教练说："这样，你在大腿上放个iPad，蹲着的时候看视频，看看平时你的套路录像有没有缺点，哪里还有可以改进的地方，这样既分散注意力，又能不浪费时间地学习。"

这招也太厉害了吧。

74 紧张之后的放松

放寒假之前,学校老师召开考卷分析和家长接待日。以前都是给我们同学们上考卷分析课的,现在老师变招了,让家长去开考卷分析会了,一个个单独接待。

这可苦了那些没时间的爸爸妈妈,最苦的就是那些爷爷奶奶或者外公外婆了,他们可不懂我们现在的题目了。班级里有几个同学这次考得不怎么好,已经做好了寒假里被家长没收 iPad 的心理准备了。这招厉害,我感觉像是老师踢出了一记漂亮的高段腿,大家都被爆头了。

妈妈们从学校里出来,一个个都像着了魔似的,忧心忡忡的样子。还是双胞胎姐妹秀玲和慧玲的妈妈好,说考试成绩不代表什么,注意订正和弄懂了就好了,放假了,大家也辛苦了,该玩还是要玩的,否则要读书读傻掉了。

该玩还是要玩的,这话得到了我们几个同学的一致拥护。于是,向着滑雪场,我们出发了。

上海不是北方城市,冬天很少下雪,也没有山。我们只能开车去浙江的滑雪场玩。一路上,妈妈们和我们有说有笑,坐着包来的中巴车,开心极了。没人再说考试的事情了,妈妈们好像比我们还健忘。

秀玲和慧玲姐妹不会滑雪，潘美仪也不会，我说我来教你们吧。她们说："你自己也是滑得一副熊样，还能教我们？省省吧，我们还是请专业的教练来教吧！"

也是，我也只不过滑了几次而已，教人好像还没那水平，可我这么瘦的身材也不会是熊样吧？她们总是"打击"我。

我发现女孩子说起别人缺点的时候，总是既细心又耐心，像一篇优秀的范文一样，中心思想明确，比喻丰富，而且篇幅很长，不缺字数的。

大家都请了滑雪场里专业的教练来教，我一个人就真的无聊了，反正我也不太会滑，也请一个来教我吧。

听到教练的讲解和示范，那些曾经练过的动作总算又回想起来了，关键是教练在身边的时候，胆子也大了，不怕摔了，所以动作也展开了。

滑雪场里，真是再次感受到了熟能生巧的不变真理啊！

晚上大家回到酒店聚餐的时候，双胞胎姐妹俩和潘美仪说："看不出来嘛，你还真是学得快哦，有培养前途！"

我笑笑，没敢答话，我是怕又听到范文。

大家吃得很开心，玩得也开心，都说下次还来！

75　难度来了

寒假总是太短，要不是有个春节在中间，可以休息几天，寒假几乎就要变成补课学校的正常开学了。

春节让我们开心的还有一件事情就是可以收到不少压岁钱，感谢我们的祖先为我们后代留下了这么一个风俗习惯，真是不错！

虽然平时没有花钱的机会，但是收到压岁钱还是开心的。我对妈妈说："要不三月份晋级考核的钱，我自己来出吧，都是高级位的选手了，再让妈妈出考核费有点不好意思。"

结果，妈妈又给我说了一通中心思想叫"积累"的道理：从书到用时方恨少，到钱到用时也恨少，引经据典，条理清晰。不过最后还是同意花我自己的钱来付考核费了。

跟开学时老师"吓唬"我们下学期学习难度有所增加，希望我们更加努力学习一样，今天高教练也开始"吓唬"我了。

他说："二级褐带跟绿带不是一个概念了哦，光组手实战的考核就增加到五位对手了，这对体力有更高要求了！"

"我知道，就像八十分的成绩提高到九十分还比较容易，九十分要提高到九十五分的话就有难度了，高教练放心，我会尽心尽力的！"我这样对高教练说。

自从高教练让我蹲着，把 iPad 放在大腿上看视频以后，让我做俯卧撑的要求也提高了。下巴不碰地板的那种都不算了，看来不抓紧练是不行了。

问题是，每次练得手脚没感觉的时候，实战训练又开始了。教练们都说只有在这样酸痛情况下的继续训练，才能帮助我们的肌肉变得更有力量，才能让我们的体力跟得上。

今天累到手脚无力趴在地上的时候，高教练又来了一招"折磨"我的训练方式：身体趴在地上，双手背在后面抓住双脚，然后用力拉，通过高度的提升，锻炼腰部的力量。

好吧，我们学空手道的人不说废话，因为说了也是白说。教练说怎么练，我们就怎么练。

一开始还行，高度和节奏做起来还可以，到后来，腰里没感觉了，身上除了头是自己的，还能感觉到以外，我觉得其他部位都已经不在我身上了。要不是高教练在边上鼓励道"还有三下"的话，我真想哭了。

三下之后，我趴在地板上，什么都不想了。地板像老爸一样，感觉亲切极了。

76　一件衬衫

今天是三八妇女节。

昨天星期五在学校的时候，我们班级就提前给所有的女老师都送了小小的礼物。每个老师都收到了我们集体做的小卡片，卡片里有我们每人写的一句话，跟学习无关，都是祝愿老师永远年轻漂亮之类的话语。

老师们收到之后一个个可开心了。几个男老师都说："你们只要祝愿女老师年轻漂亮，女老师就会开心得像智商不及格一样！"班级里几个同学听到后就说："下次我们考试成绩没把握的时候，就在考卷下面也写道祝愿老师永远年轻漂亮！"

这样，女老师就会多给几分，女老师多给了几分，妈妈们也就满意了，也就跟着年轻漂亮了！哈哈哈！

今天虽然是三八妇女节，可道场训练并没有暂停，不少妈妈陪着自己的小孩子还是照常来到了道场训练。

居教练说："今天是三八妇女节哦，我们不少队员都是妈妈陪着来的，妈妈们辛苦了。这样哦，我们大家一起说一声OSU！向我们的妈妈们表示感谢！"

一二三，OSU！道场里这一声喊声响亮极了！

这是空手道的礼节，代表着尊重、力量、追求！

　　受到气氛的感染，也有可能是居教练安排的训练节奏很好，我感觉到今天大家的训练都很努力。难得一次，训练结束后，居教练居然没有点名批评谁，真是难得！

　　走出道场，我对妈妈说："妈妈，要不我送你件礼物吧，祝你三八妇女节快乐！"

　　妈妈说："我不要你什么礼物，你只要听话就是礼物了！"

　　"没关系，让我送你件礼物吧，道场边上就是南京路，你自己挑吧，什么都行！"说完，我还拿出了我放在运动包里的钱包给妈妈看了看，像是对她说："我可是真心实意有准备的哦！"

　　妈妈看我心意很坚决，就同意了。

　　我给妈妈买了件衬衫，雪白雪白的！

77　奖励

今天是褐色腰带的晋级考核。

考核好像没有高教练说得那样吓人,我按照考核要求,顺利地完成了所有科目的考核。就算是和五名对手的组手实战,也没有体力不支的情况,看来平时的严格要求,有点起作用了,一想到这里,我很开心,也算是对得起自己交的考核费了。

昨天因为又有同学过十周岁生日,所以不少功课还没完成,我得赶紧回家把功课搞定,否则明天没法去学校交差了。

走出道场的时候,高教练笑着对我说:"嗯,今天考得不错,回家让爸妈奖励奖励!"

"谢谢高教练,您也辛苦了!我考核考出了,蔡教练也应该奖励奖励您吧,我觉得您最辛苦了!"听我说完,高教练哈哈大笑了起来。我说错了吗?我有点疑惑。

可能还沉浸在考核通过的兴奋中,我的功课做得快极了,也没遇到什么难题,一想到自己马上就可以换上新的褐色腰带,就觉得浑身充满了力量,也就感觉不到有什么困难。

晚上老爸请我去外面吃饭,说是要奖励一下我。可我实在想不出要点什么，我跟老爸说："要不我们奖励一下高教练吧，他训练我的时候可认真了，虽然有些招式真有点受不了，但我现在觉得都太有帮助了。"

老爸像高教练一样，也是哈哈大笑了起来，对我说："你能顺利考核通过，对高教练来说就是最好的奖励，他是教练，大人了，怎么可能接受你小孩子的奖励呢？"

"那就请高教练喝酒吧，老爸你知道吗？我听说高教练喝酒可厉害了，要是喝酒有级别的话，高教练起码也是黑带！"听我说完，老爸又笑了起来，他说："那你觉得你老爸喝酒是什么级别呢？万一喝不过高教练，到时不是要连累你跟着一起丢脸？"

"怎么会呢，我觉得你喝酒肯定是黑带级别的，跟高教练肯定有的拼！"

老爸爽快地说了声"好！"我高兴极了，像是我自己喝了酒一样。

78 变化的意思

期中考试已经结束了,我可以稍微松一口气,来加强我的空手道训练。

居教练一直说拳要多练,只有在多练的情况下,才能有所感觉。他还说打拳不是做广播体操,需要我们的大脑去不停地思考,把每个人的灵性融入拳路中去,如果只是一味地斗狠,那是打架,不是打拳。

昨天去居教练那里训练的时候,他就教我怎么样判断对手的动作,然后来调整自己的动作。虽然都听明白了,但我觉得真要做起来的话,还是需要相当长的时间。可能这就是为什么成年选手也在一直修炼的原因吧。

今天下午去高教练那里训练,可把我高兴坏了,因为高教练送了我一个生日礼物。前两天是我的生日,高教练特意为我准备的,他说:"我想你应该会喜欢的!"

是双节棍!我当然喜欢。我当场就说:"那您再教我一下吧!"

高教练教我的时候,问我看到双节棍的特点没有。双节棍的特点不是很明显吗?就是两节呀!

"然后呢?"高教练又问我了。

我想了一想,好像有点感觉了,不肯定地回答他说:"因为是两节,所以两头都可以进攻，都可以防守？"

高教练笑了笑，然后很认真地对我说："是变化！"

他接着跟我说道："一根棍子分开两节，它的击打方式和轨迹明显增多了，所以变化一多，对于主动进攻者而言，就有了选择，我们可以根据变化，选择最有效、最直接的方式进攻。空手道同样如此。"

"高教练，我大概懂了，没有一种招式是肯定有效的，都要根据对手的变化来随时调整你的变化，最好的方式就是你变化在前，这样就有主动，所以我们要掌握更多的变化方式，对吗？"我跟高教练这样说道。

"嗯，就是这个意思，所以希望你把多种拳路都要练好，这样才可以根据实战需要，选择最有效的方式。"

"就是说，我可以有最擅长的招式，但绝对不能只会这种招式，我需要多种招式的变化，对吧？"高教练听到我这样说，总算笑了。

79 擂主

今天虽然下着雨，但丝毫没有挡住我要去练习空手道的步伐。

我早早地来到了商旅道场，没想到已经有好多人了，大家都十分自觉地在进行准备活动，有的在打靶，有的在慢跑，还有的在压腿，大家说说笑笑，气氛很融洽。

不一会儿，随着居教练一声"整队"，我们快速地排好了队伍，训练也随之开始了。

按照居教练的训练安排，今天我是"擂主"，一帮师兄弟，好多人要轮流和我实战。这是居教练这里的"特色菜"，大家被轮流安排当擂主，可以适应不同打法的对手，找出自己的缺点在哪。当然，对于体力分配的要求也可以让我们自己心里清楚。

第一个是张师兄，大家都姓张，我心想你客气一点哦，我今天可要对付一大帮子人呢。还好，我们双方更多的注意力都放在对方拳脚的变化上，好多动作都是寸止，也就是点到为止。不过我觉得对付他已经没有以前那么容易了，看来张师兄最近长进不少。

第二个是宋师兄，他胖胖的，拳打在他身上一点反应也没有，这时我突然想起来了，对付胖子我就少出点拳，我用拳头晃开他的注意力，然后多用腿。宋师兄打得比较客气，也不主动进攻，所以我的腿法就完全施展开来了，从膝盖的冲击到低段腿、高段腿，还有横踢、后回踢、摆腿的下劈，我给他来了个腿法的"什锦拼盘"，宋师兄还真是扛得住，看来平时大家说的胖子经得起打还真是有一点道理。居教练在我们对抗结束后，还一个个把刚才的动作分别给大家讲解了一遍。宋师兄挨了我不少踢，结果还被居教练说防守有问题，搞得我很不好意思。

　　第三个是徐师兄，他不仅拳快，腿也快，尤其他的右腿，经常可以连着踢出好几脚。跟这样的对手打，冲进去贴身紧逼是有效的方法，让他的腿踢不起来，但这得做好跟他拼拳的准备。拳快不要紧，可以用手臂的角度去封，最怕的就是拳重，耐心地挺住，在他换气或者节奏中断的时候，冷不丁地反击几下，让对手进攻时不敢放开，这些都是经验。我努力尝试着，没办法，因为不是一个重量级的，有时候必须得讲点策略。

　　第四个是吴师姐，吴师姐虽说是女生，但全国冠军的实力不容轻视，她比我大好多，也比我足足高出一个头，所以一不留心，我的头就会被她的高段腿爆炒。

　　十几个人轮流上，一轮结束，我以为可以休息了，没想到第二轮又开始了，体力消耗得很快，拳和腿的速度明显慢了下来，但是我还是坚持着，因为我知道，在这里是没有人可以退缩的。

　　训练终于结束了，居教练笑着摸了摸我的头，问我被打痛了吗。然后对着大家说道："我们宁愿在训练场上痛，也不要在比赛场上哭。"

80　错题集

下个星期就要期终考试了，四年级的学习任务就算是完成了。

高教练前两次对我说，自从我升了高年级以后，脑子比以前好使了，接受能力比以前更强了。也不知道真的假的。

本来今天不想来训练，可是老师布置的试卷练习我都已经做完了，待在家里的话也没太大意思，就是把已经背好的书再看一遍，或者把那些习题再做一遍，我是不太愿意那样做的。四年级以后，老师让我们准备一本错题集，就是把做错过的题目集中在上面，这样避免我们犯同样的错误。这本错题集，我快背出来了。

场馆里队员并不多，跟以往一样，一到考试的时间，大家都待在家里复习功课不出来了，所以今天高教练又可以多教我一点了。

高教练看到我说："你好像读书很好的哦，我看你考试一点不急的样子嘛！"

"读书跟打拳一样的呀，平时不努力，临到考试再用功有什么用？就像碰到对手了，再去练拳一样也是没用的！"我一副神情自若的样子跟高教练说道。

高教练好像很同意我的说法，哈哈大笑了起来。其实这也不是我的说法，是我老爸平时灌输给我的，他最反对刷题了。

"你下星期的考试已经准备好了，就不说了。那你下个月的比赛准备好了吗？"高教练关心地问道。

可能妈妈已经跟教练请过假了，考试以后学校会有各种集体活动，然后一放暑假，我就要出去旅行。今年安排在七月份外出，是因为八月份又安排了补习班，下个学期升五年级，毕业班了。今天以后，有段时间不能来了，所以，高教练今天要把我在拳脚方面的"错题集"给我再分析纠正一遍。

高教练今天给我讲得很认真，一个个错误的动作给我示范着看，而且把错误有可能引起的结果也给我分析了一遍。

然后，我再尝试着把这些错误重新修正一遍，再修正一遍，就在高教练的身上"修正"，我感觉高教练本人今天像是一本错题集了。

有时想想，真是不好意思。

81 优胜

以前听到过一句电影里的台词：天空在燃烧。我觉得形容今天的气温太合适了。暑假里遇到这样的天气，要么去游泳馆，要么在家里，总之是不适合干其他事情的，每个人可能都会这么想。

偏偏我不能这么想。因为在今天，2014年全国空手道上海公开赛开战了！我参加了少年组别的组手比赛。

上海浦东的体育馆里，黑压压的全是人，我看到了好多既面熟又陌生的面孔，有些叫不出他们的名字，但知道这些选手都很厉害，上次在无锡的时候已经见过。

高教练跑过来问我："怎么样，准备好了吗？"

"嗯，没问题！"我充满信心地回答道。这次我要吸取前两次比赛的经验教训，保持充沛的体力，所以赛前休息的时候，我静坐着什么都不想，有机会就看看其他组别的比赛。

开始了！

我的第一个对手是杭州来的，比我高出了小半个头，身材差别不算太大。好吧，那就按照我的节奏来吧。裁判示意开始后，我倒是没急着冲上去，可对手已经迫不及待地压了上来，而且抬起脚就是高段腿。刚刚开始的比赛，大家都是全神贯注的，所以这记高段腿不可能给他轻易踢到，然后他腿落地的时候，拳头又冲了上来。我手臂弯曲着下压，挡住了他的拳，身体开始侧身移开。然后对手按照老套路，又是冲上来踢腿，但还是右脚。对手第三次踢出高段腿被我防住以后，我开始用右脚膝盖冲击他身体的左肋，他赶紧后移，我又跟了一脚低段腿，踢向他的左边。对手左路不行，我好像感觉到了，然后我的右拳开始打击他的左肋。他真的慢慢侧身了，右侧离我是那么的近，我赶紧用左膝盖顶他，趁他两只手落下来压我膝盖的时候，我的右腿踢出了高段腿，"啪"的一声响，正中他的头部左侧。

可能他认为我只是偷袭成功，并不服气，下一轮进攻又上来了，但是双臂并没有守住前胸，我一个侧身就是一记横踢，对手一下子就倒地了。

我顺利赢下了第一场。

第二场出乎意料，对手个子比我小。这在以前倒是没碰到过，我练习空手道以来，总是碰见比我高大的对手，没想到还有比我瘦小的，但一想，对手能够打到第二轮，也应该是有实力的，我不能轻敌。

比赛开始，我对着他前胸做出要前踢的样子，对手倒是机灵，马上就双臂护胸，我马上一记外摆腿下劈，扎扎实实地劈在了他的前额上，对手应声倒地了，这下倒是出乎我的意料。对手起身后，裁判示意继续，这次我开始用双拳压上去了，直逼着他往边角上退，我在前进中顺势用左腿踢出高段腿，又是扎扎实实地踢中他的头部右侧，对手又倒地了。裁判终止了比赛，我轻松赢得第二轮。

场馆里有空调，但还是让人觉得有点热，休息时喝了一口水，尽量调整呼吸，休息。

第三轮开始，对手这下比我壮实多了。可能是教练在场下指导过了，对手一上来就利用身材壮实的优势踢出好几脚低段腿，像是要把我踢翻的样子。我趁他眼睛往下看的瞬间，用双拳向他的腹部连续冲了几拳，他开始动作回收了，趁他拳头挡住自己视线的时候，我的右腿中段踢出，借着惯性，落地后一个旋转，左腿高高向后摆出，"啪"一记后回蹴踢中他头部左侧。

我感觉到对手的技术不是太熟练，进攻的方法也很古板，就是前压然后踢腿，就算我侧身用膝盖顶他，对手好像也是硬拼。很快，我又找到了他节奏中断的机会，左脚一记高段腿，这下踢中的是他的头部右侧。

前三轮赢得都比较轻松，高教练也在休息的时候对我说今天打得很好，很沉稳。

后面两轮的对手明显强大了起来，但也都没费太大力气，我还是按照我的想法来打，什么都不去想。

决赛开始。对手黑黑瘦瘦的，一上场就不停地在跳跃，交换着前后的脚步。这是擅长腿法的人明显的特征，除非是花架子。但是这是决赛，他能打进决赛，应该不会是花架子一路混进来的吧。

拼拳，贴身拼拳，让他的腿踢不起来。一这样想，我马上就冲了上去，好像刚才所有的体力，就为这一刻准备的一样。对手可能没料到我个子比他瘦小，却会冲上去拼拳，马上往后退了两步，刚才前后换位的步伐有点乱了。他一后退，我照着他的腹部就是一记前蹴，正好踢中，趁他站立不稳，我的左腿跟上作支撑脚，右脚马上跟着高段腿，"啪"清脆的一声响，对手没防住。

可能没想到自己会吃亏，毕竟他身材比我有优势，所以对手更加凶猛地逼了上来。这个我不怕，侧身移开，抬腿连踢的动作，我已经练了好多次了。对手吃痛马上向边上移开，可是这正是我横蹴的最好位置了，我想也不想，用憋了一天的力气侧身踢出，对手马上就倒地了。

吃了亏的对手好像冷静了一点，开始又前后换着脚步在跳跃了，可是再跳也没用，这是我今天最后一场比赛了，我不需要再留着体力了，我全力冲了上去。

虽然也吃到了对手几拳，虽然对手踢在我身上的几脚也很重，但是，我的拳、我的脚连续地"飞"了出去，就像教练训练时对我讲的一样，连续地！

对手倒地了，比赛结束了，我以KO的方式战胜了对手，这倒是我没想到的。

高教练笑着抱住我说："这就对了嘛，用脑子打拳！"

赛后，居教练指着奖状和奖牌上两个用繁体字写的"优胜"两字对我解释说："优胜的意思就是冠军，这是空手道里日文的官方用语。"

我是优胜了，冠军的意思。

82 有人来"踢馆"

今天,妈妈约好了要去4S店保养车子,我也想去看看车子是怎么保养的,于是要求妈妈带我一起去。

天气预报说下午和晚上会有暴雨,所以打算今晚不去练空手道了,陪着妈妈去保养车子,也算出门玩过了。

没想到计划赶不上变化,中午的时候接到居教练的电话,说拳力会的教练今晚还是会按事先约定的那样,带二十多名选手来我们道场交流训练,希望我今晚一定要去训练,不管晚上下不下雨。

"这是要来踢馆吗?"我不禁这样想到。那我可一定要去,如果真让他们"踢"了,那我们居教练和道场的面子就砸了。

吃了晚饭,我早早地就出门了,外面的雨下得真大,豆大的雨珠打在汽车的玻璃上"啪啪"直响,仿佛在为我加油,又好像在教我出拳的节奏。车子在高架上缓慢地爬行,平时半个小时能到的,今天却花了一个小时才到。

当我走进场馆,里面全是人,三三两两交谈着,不时发出阵阵的笑声。

只见一个穿着墨绿色衬衫,头上扎着一个小辫子的成年男子带着二十几个已换好道服的选手在场边做着热身运动，我们的队友告诉我，他就是拳力会的馆长兼主教练。

交流比赛开始了，双方派队员按照年龄组别的大小轮流上场。然后，场馆里顿时就热闹了起来，加油呐喊的助威声一浪高过一浪。

双方的教练员很奇怪，当选手在场中央交战的时候，他们不停地发出"进去呀，保护好自己的头，拳呢，出拳呀，起脚……"之类的喊话，教练之间像仇人似的。选手对抗结束行完礼下场，他们又互相对视而笑，像朋友一样。然后两个教练分别向对方的选手讲解刚才的动作。

我顿时明白了，这是两位教练在为我们双方的队员开拓展课呢，希望我们平时也能有不同的对手来丰富一下我们的实战经验。

输赢不是最重要的，重要的是大家在互相的交流中拓宽了视野。

83 文化使者

上海市文化节的主题系列活动这几天在浦东搞得很热闹。一直想去看看，可不是天气太热，就是要补习功课，直到今天才有机会去，而且不是以普通观众的身份，是带着演出任务去的，很荣幸。

这是吴安琪师姐前两天就跟蔡教练商量好的事情。今天晚上在世纪公园里，有一场文化节的重要演出，主要是展现上海的新时代发展变化和上海人的精神面貌。主办方邀请我们去表演空手道，他们说空手道不懈努力、追求进取的精神，很符合上海这座城市的内涵。

下午，烈日当空照，我们早早来到了世纪公园进行动作排练。空手道的表演和平时的训练、比赛有点不一样，不能出差错的，否则就要闹笑话了，我可不想这样。

蔡教练安排我和吴师姐、陆师兄先进行套路的编排演练，要求我们三个人的动作要整齐协调。以前我们打拳，只按自己的节奏来打，每个人之间的快慢总是有的，也很正常，但今天不行了，要整齐。

一会儿这个快了，一会儿那个又慢了，我们练了好一会儿才算统一了快慢。汗水湿透了我们的衣服。

主办方拿来了饮料让我们喝，说休息一下再练。可我们不敢怠慢，就怕出错闹笑话。

空手道表演还有一个内容就是碎木板，这个不需要多练，也没有那么多木板搬到现场让我们练。

晚上，虽然太阳已经下山，但公园里还是有点热，只有一阵风吹来的时候，才感觉到凉快。尽管很热，但公园里的观众却不少，都是来看表演的。

一阵音乐声响起，舞台上灯光闪烁，演出开始了。

无论是唱歌还是跳舞，演员们的演出精彩极了，台下的观众不时地发出阵阵的掌声。

终于轮到我们上台了！蔡教练和徐教练站在舞台的后方两侧，我和陆师兄站在靠中间一点的位置，吴师姐站在前面中间的位置，五个人排成箭头形状的队列。

音乐声震耳欲聋，我们打得认真极了，比平时没有音乐的时候激动多了，台上的射灯来回照在我们的身上，感觉棒极了。我们打得很整齐，很有气势。台下观众报以热烈的掌声。

当我们开始踢木板表演的时候，台下不时传来"哇"的感叹声。被我们踢碎的木板"啪啪"地掉在了地上，观众的掌声也"啪啪"地传到了我们的耳朵里。

直到演出结束，在台下换好了便装，我们还沉浸在演出成功的喜悦中，蔡教练和徐教练很高兴，我们没给他们丢脸！

吴师姐的妈妈还请我们吃了夜宵，我们三个队友的胃口大极了。

84　每天十遍

开学了，我已经是一名五年级的学生了，但我并没有因为功课比之前要多而放弃我的空手道训练，相反，我对学习的要求也比以前更加高了，那就是上课和做作业的时候一定要仔细认真。

我现在懂得把打拳和学习联系起来看问题了。打拳时一个疏忽，对手的拳脚就招呼上来了，结果就是痛！学习的时候一个疏忽，就是扣分，就是订正，就是时间，我哪有这么多时间可以浪费啊？

国际空手道联盟的国际公开赛就要开战了，我要参加型手和组手两项比赛，所以我加紧了训练的节奏。

有时想想，我挺羡慕那些只参加一项比赛的选手的，这样轻松多了。可是再想想又不行，真正的空手道大师，都是型手和组手两手一起抓的，否则也不可能达到那样的高度。

现在我不仅有空就到场馆里来练，平时在家做功课休息的时候，我也会抓紧时间练，我发现这样调剂一下效果很好，练完拳又可以精神饱满地做功课了。

现在到场馆里来练，就是给教练们看一下，确定我的准确程度，然后再回家按照教练们认可的动作继续熟练，这是对型手比赛的基本要求。

当然，场馆里训练，还有一项内容是家里无法完成的，就是组手的对打训练。老爸在我小的时候曾经给我当过陪练，后来就不肯了，说是我的拳头重了，吃不消了。

今天蔡教练给我当陪练，又教了我几种实战的技巧。说是技巧，其实应该就是些基本的道理，只是帮我说明白了。有时我认为实战的技巧其实讲出来的话人人都懂，可是你不练的话，根本就做不到，说和做完全是两回事。

还有就是比赛节奏的把控和拳脚的组合，教练对我这样的点拨，是我最愿意听的。

训练结束之后，妈妈问高教练："你看他怎么样，比赛有希望吗？"高教练信心满满地说："可以的，小张的实力增长很快。"

听了高教练的话，我也挺高兴，训练的动力也更足了。

这时蔡教练也走了过来，拍了拍我的肩膀说："你现在开始每天在家，每个比赛的套路练习十遍，型手比赛应该没什么问题的；组手比赛的话，在家练力量，在这里练技术。"

十遍？好吧！

85 两个第一次 两个第三名

国际空手道联盟一年一度的国际公开赛开始了，世界各国的选手聚集到南京，为了空手道选手的荣誉而战，今年已经是第十届了。

体育馆的屋顶是银色的，像一只贝壳横卧在天空中，在太阳的照耀下闪闪发光。场馆边上和道路旁的彩旗迎风飘扬，好像空手道选手在展现身手一样，从容、潇洒！

检录手续完毕之后，运动员可以入场了。

老外选手们好像跟我们的行为方式有点不一样，澳大利亚的选手头上戴着小丑的帽子，可爱极了；俄罗斯选手全体坐在属于他们的一角，认真地在听教练的讲话；日本选手长得跟我们一样，分不出来；……每一个阵营都挂着各自国家的国旗，当然还有我们的五星红旗！

比赛正式开始了。

首先进行的是型手比赛，我参加的是高级别组。第一轮和我对阵的就是一位黑带选手，哇，少年黑带！只见他个子高高的，看上去一副胸有成竹的样子。不过我并没有因为他的级别比我高，年龄气势比我大而害怕，我想到了高教练对我说的话：在赛场上一定要认为自己就是最棒的。没想到第一轮比赛我真的胜利了，我知道我在爆发力和节奏感上赢了他，这是我第一次在型手比赛中赢下黑带选手。

第二轮比赛和我对阵的是一位和我级别一样的褐带选手。比赛进行到一半的时候，我就知道我赢了，我感觉到了，身边的空气是随着我的拳脚在流动，而不是对方的。结果果然不出所料，四位边裁一致判定我赢了，主裁判的手臂也挥向了我。

几轮过后，我顺利地进入半决赛，我信心满满。

半决赛开始了，但我随即发现站在我面前的对手在气势上要比我强，这次轮到空气为他在转动了。最后，我输掉了这场比赛，我走下赛场，心里觉得很不好受。

比赛结束后，蔡教练走了过来，对我说："今天你发挥得不错，刚刚你遇到的这个对手的比赛经验比较丰富，年龄也大不少，气场也强，资格确实比你老。所以没关系，以后继续努力，恭喜你夺得了第三名。"

组手比赛开始。

没想到和我第一轮作战的还是一位黑带选手，这次算是跟黑带杠上了，哪里冒出来的这么多黑带啊？事后知道，全场也就这几位，我运气真"好"！

但是我也没有被他所吓倒，吸取上次在无锡比赛失败的教训，我采取了主动进攻的方式，心想：就算不能一本胜，我也要在场面上胜出。比赛十分的艰难，我用尽了方法去进攻，都没有奏效，大家拳来脚往地拼斗了全程的时间，谁也没能得分，只是他的道服被我打得渐渐松了开来，样子有点狼狈。

比赛进入加时赛。

我赶紧抓住短暂的喘息时间调整下呼吸，甩动下疲劳的胳膊以恢复下肌肉的状态。

不知道什么原因，他开始放慢了节奏，跟我绕着打，而我也时不时地用假动作试探着机会。可能我的拼劲也让对手紧张了，他在一次闪躲的时候，乱了脚步，我马上抓住机会，冲拳之后连续三次起脚，估计他是没料到我会连续地踢出三脚，最后一脚放松防守了，被我爆了头。

我第一次在组手比赛中赢了黑带选手！喜悦和兴奋程度可想而知。

比赛继续进行，一轮接着一轮，直到半决赛。

和我对阵的选手看上去壮实极了。有可能在前面他看了我的比赛，找到了我的弱点，也有可能我前几轮打的都是硬仗，消耗了不少体力，反正有种手脚不听使唤的感觉。而他好像休息得很充分的样子，动作也很快……结果我输掉了比赛。

最后也拿了个第三名。

两天的比赛全部结束。回上海的路上，妈妈对我说："这次来南京，我觉得你已经完成了任务，不管是型手套路还是组手实战，两个第三名已经是很不错的成绩了，第一轮你碰到的还都是黑带选手，而且都赢下了比赛，说明你是有实力的。继续努力吧，儿子！"

86 什么叫气场

以前每次学校四点放学后，妈妈开车送我来道场差不多四点半左右，我们都能顺利进大门找到停车位。可是今天不知道哪来的这么多车，就是找不到空车位。没办法，妈妈只好把车停在很远的停车场，而我也只好在妈妈的车里做功课，虽然车里地方小，有点不习惯，但我还是认真地把能完成的作业尽量完成一点。

差不多到时间了，妈妈和我来到了道场。

看到了高教练后，我把我在南京比赛的视频给他看，看完之后高教练对我妈妈说："南京比赛的情况我已经听蔡教练说过了，小张这次的比赛中遇到的对手都很强，能取得这样的成绩已经很不错了，毕竟是国际公开赛。"接着又对我说："我们输了比赛，说明自己还练得不够，赢了比赛也只能说是对手太弱，所以无论是型手还是组手，你都需要继续努力。"

训练开始了。蔡教练首先宣布了九月份参加晋级考核的成绩，我顺利晋级，已经是褐带一杠的一级选手了。不过这次拿新腰带的时候，一点都没有以前那种兴奋的感觉了。

我被安排分组单一训练，高教练让我把套路全部打一遍给他看。打完之后，高教练对我摇了摇头，说："虽然这些套路你都打得不错了，但是很多细节都有问题，要知道比赛不光是比谁的动作做得对不对，更是比细节，比动作的连贯性和节奏感，比气场。"

"前面几个我都能教你，而气场这东西是要你自己去感悟的，相信只要多练慢慢就会有的。所以你回家以后不要偷懒，每天自己练练，要知道光在我这里练是不够的。"高教练继续对我说着。

听着高教练的话，我有点感觉到气场的意思了。每次看高教练打拳的时候，我就有一种像要忘记呼吸的感觉，同样是一拳一脚，但是你就会感觉到空气中有一种凝聚的力量，让人振奋！

87 回旋踢

今天来道场训练的时候,高教练问了我一个问题:数学中的圆和圆心、圆周懂吗?我说当然懂啊,虽然这是六年级的内容,但是我们已经在课外提高的时候讲过了。不光是圆周,我还会算圆的面积,还有扇形、阴影部分的面积呢。

高教练笑着说:"好,懂就好!"接着,他给我作了个示范,他以左脚支撑,说这是圆心,然后右脚原地转了一个圈,说这是圆周。哈哈,哪有这样画圆的?

然后,他说了声"注意看哦!"就跳了起来,并且顺势向前方踢出了一脚。哇,那一脚又高又快又狠,然后轻轻地落下,稳稳地站住。

这动作太漂亮了!我的眼睛看呆了,忙说:"再来一次吧!"高教练一连做了好多次,然后对我说:"看清了哦?来,我教你!"

我脑子里第一个反应就是:这就是传说中的无影脚吗?

高教练开始教我了:"旋转的作用,是通过运动的惯性来加强踢脚的力量,跳跃还有一个作用你应该知道,那就是提升高度,这样在面对比你更加高大的对手的时候,你就多了一种打击的方式,明白吗?"

明白!我回答得快极了!

"这个动作的关键，是要起跳果断，不能犹豫，腰部的爆发力要充分发挥出来，这样才能完成一周旋转所需要的动力；还有就是要有信心，充分的信心是起跳高度的保证，跳不高就白搭了；最后，踢腿的时候要看清，眼睛看前方，一脚出去干净利落，不要拖泥带水。"

带着兴奋感，我开始操练起来，我想像高教练那样，潇洒地踢出这一脚。

可是，没有。尝试了好多次，直到自己晕着摔到了地上的时候，还是没有成功。没有圆周出现，最多只是个扇形。

高教练开始一步步教我。

先是从原地起跳的高度，从两脚的位置开始教起，然后再教我怎么样加上腰部的力量，怎么样保持身体的平衡，头部的姿势，眼睛的视线……然后是收腿和屈膝的配合，直到踢出那一脚。

有两次休息的时候，我想过打退堂鼓，这太难了。但是又被高教练揪到了场上，不用说话，那是继续的意思。

就这样，一次次地跳，一次次地踢。终于，我踢成了！

走出道场的时候，我几乎是一路跳着旋转着出的门！

88 开始准备

期中考试考完了，学校老师又把家长喊去开了家长会。

和以前家长会的内容不一样，这次好像没有点名表扬和批评任何同学，就是跟家长们谈了升学的问题。现在还没放寒假呢，怎么会想到升学的事情呢？那是明年的事情了吧。

妈妈回来跟我说："期中考试已经结束，两个月以后的期末考试，是全区统考，统考成绩将作为你们升学或者择校考试的重要参考，如果考砸了，就没有可能考上好中学了，因为好中学在录取学生的时候，首先看的就是全区统考成绩。所以，你要全力以赴了哦！"

看来这次期末考试跟以前的考试真有点不一样了，老师是不会把家长喊去学校吓唬人的，得早作准备了！

今天被蔡教练喊去了麦多道场训练。一进门，几乎全是成年学员，要不是认识其中不少师兄们，我都以为自己走错地方了。

蔡教练开始说话了："一年一次的黑带晋级考核，明年安排在九月份，现在还有十个月的时间，今天来的学员，都是获得了褐带一杠、一级资格的队员。根据黑带考核的规定，明年的九月底，你们都已经是一级资格满一年以上了，有些队员都已经两三年了，所以都可以有资格考黑带了。黑带考核跟以前的色带考核完全是两个概念了，不再分级，而是分段位了，考核也会更加全面，更加严格。所以，我们今天开始正式的黑带考核集训，希望大家在集训中认真学习，刻苦训练，争取明年一次通过。"

我站在队伍的最后面，蔡教练的身体被前面的成年学员都挡住了，但是声音听清楚了，我也已经有资格作黑带考核的准备了，感觉像是小学快要毕业了一样。

训练开始了，我又像一棵小草一样，站在身材硕大的成年师兄们身后，开始一拳一脚地比划着。

我要开始准备了！

89 要尽力

离期末考试还有一个多月的时间,但同学们好像都已经被老师说得有点紧张了起来,没有人再说前两天过圣诞节的事情,也没有人说即将来到的元旦假期。

老师用他们丰富的教学经验,给我们讲解着任何有可能出现的难题,好像我们的考试成绩,也关系着他们的名誉,关系着学校的名誉。家长们也说过,全区统考最公平了,哪个学校是名副其实的,哪个学校是徒有虚名的,一考便知,分数上一决高低。听了这些话,我觉得好像我们都应该为学校争得名誉,否则以后毕业了,再见到老师的话,哪里好意思抬起头啊。

上课的时候,老师讲得认认真真,放学的时候,老师把功课布置得严严实实。书包里一张张要完成的练习卷,就像一块块石头一样,背在我们每一个毕业班同学的身上。我感觉荣誉好像都是压出来的。

一个多月的紧张,好想出去松松筋骨。我对妈妈说:"要不我去道场打拳吧,大脑调节一下行吗?"其实我也就是随便说说,因为还有两张练习卷没做完呢。没想到妈妈说:"好啊,换换环境,换换脑子,去吧,我送你!"

这真是有点意外，我高兴得差点都忘了拿空手道的背包就出门了。

这个时间段，道场里都是成年队员，蔡教练看到我来了，就让我直接加入到队伍中去。

一会儿，组手的实战训练开始了，蔡教练让我先在边上看一会儿。

我突然觉得这些成年的师兄们训练起来要比我认真多了，每一个动作都会主动地问清楚，不厌其烦的，这种精神值得我们学习。但是，他们的踢腿动作，有些人还真不敢恭维，估计是年龄大了，踢不起来了，看他们身上的腰带就知道，肯定是很大了才开始练的，否则也不会是绿带了。

果然，蔡教练开始指导了："踢不起来不要紧，但是必须要有踢出去的意思，这一脚高不高无所谓，但你要对自己说这一脚是我踢得最高的了，这样的话，你下一脚才有可能更高。如果怕踢不高就不踢了，那就失去训练的意义了，这个道理明白吧！"

这个道理我是明白的，就是做事情都要尽自己的全力，这样才有提高的可能。

回到家，不用妈妈多说，我翻开了还没做完的练习卷，继续做了起来。我要尽我的全力完成每一张练习卷。

2015年 黑带初段

90　补一补

　　期末考试结束了，放寒假了。

　　这次全区统考，我们高安路一小的平均成绩全区第一，我们班级的平均成绩全年级第一！老师很高兴，还买了糖请我们吃。这糖的味道有点复杂，我感觉里面还有我们汗水的味道，咸咸的。

　　寒假作业不多，家长们都说老师们"拎得清"（上海话，就是懂事、明白事理的意思）。我原以为老师们是高兴，让我们少做点作业，算是奖励我们一下，后来才明白不是这个意思。全区统考是结束了，但下学期各个中学的自主招生考试在等着我们呢，如果想考个好中学的话，寒假里就要备考冲刺了，那些题目比平时学校里的可要难多了。原来，老师是希望我们有更多的时间去课外补课。

　　通过这次期末考试，我再想想以前刚升到四年级的时候老师们给我们讲的话，我发现老师和家长们都特别喜欢一种紧张的气氛，好像不把事情说得严重一点，就不能表达她们的爱心一样。有个同学的外婆说过：人吓人，吓死人。我是服了她们了。

　　寒假刚开始，各种补课就开始了。谁要是补课补得少了一点，就像不求上进的差学生一样，我好想说要不把音乐美术课也补一补吧。医生说了，冬令要进补，现在正好是冬天。

因为要补课，去道场的训练只能移到晚上了。

麦多道场离家很远，一路过去只能傻傻地看看窗外。可能是天很冷，可能是快过年了，好多人都回老家了，路上很畅通。远远看出去，天上的星星隐隐约约地闪着光。

今天黑带考核的集训有两个队员没有来，一问师兄们，说是退出了，因为他们记不住这么多套路的招式，考了也是白考，就不浪费那个时间了。这算是主动投降了吗？我有点意外。

蔡教练好像比平时训练我们的时候更加认真了，难道黑带考得出考不出，也关系到他在国际空手道联盟的荣誉？应该是的，那就好好练吧。

别看蔡教练训练的时候一脸严肃的样子，结束后就又说说笑笑了，还说大家有兴趣的话就一起去吃夜宵，烤羊腿。

哈哈，这个我喜欢的，集训的体力消耗很大，我们都要补一补。

91 中日交流

蔡教练前天给我妈妈打电话，问我今天有没有时间，说今天在上海有一场中日文化交流活动，我们道场要代表中国去作武术交流。

这是要展示一下我们中国人的空手道水平吗？我当然有时间。

中日文化交流中心里已经来了不少人，大家都在花园里轻声地交谈着。

花园的环境不错，边上的餐桌上放了不少食物和酒水，看上去很漂亮，不知道味道怎么样？以前我吃日本料理，总感觉味道有点清淡。

一会儿，主持人就开始介绍今天参加活动的中日双方来宾，然后日本总领事也开始说一些中日之间文化交流活动的话。

我们的表演开始了。我的任务是踢木板和套路表演。

花园里虽然还是有点冷，有些来宾都还穿着大衣呢，但是既然上场了，我就管不了这么多了。

行礼之后，我开始了表演。说起来还真有点怪，上场之前我还有过一点小小的紧张，怕万一有个疏忽演砸了怎么办，但是上场后拳脚一展开，什么想法都没有了，既看不到观众的表情，也听不到他们的声音，更管不了风声，一点没感觉到冷。

收拳，行礼，表演结束。全场给了我热烈的掌声，这时我明白，我的表现不错的。

接下来是教练们的表演了。胳膊肘一样粗的棒球棍，被教练们一脚就踢断，咔嚓的声音在风中清脆而响亮。

蔡教练又让其他几位教练把两根棒球棍合在一起，这下全场惊讶了，这是要一脚踢断吗？

蔡教练走近棒球棍，伸出右脚朝两个棍子比划一下，大喝了一声，所有教练也紧跟着大喝一声，然后只见白影一闪，蔡教练脚起棍断，"咔嚓"一声比刚才又浑厚了不少。

现场的掌声立刻响了起来！

看到断在一边的棒球棍，我顺手捡了起来，然后往自己的腿上比划了一下。

呵呵，现在还不行。

站在一旁的陈龙教练对我说："空手道的秘诀，就是快和准。快的意思包含着速度和力量，这需要我们的身体去接受磨炼，准的意思就是目标的判断，不仅仅是我们的眼睛要看清楚，还有我们的心，这才是关键，明白吗？"

听着这位全中国唯一完成了百人组手战（就是连续跟一百位空手道选手的组手实战）的教练员的话，我连忙点头表示我听懂了。

但是我也知道，听懂这句话很容易，做到这句话就难了。

92 舍身技

开学以来，学校的作业不算太多，但校外的补课次数明显加强了，补课老师给我们的练习卷也多了，我都有点校内和校外颠倒过来的感觉了。

同学们都在为自己心中的好中学努力拼搏，我也不例外。

今天来到道场训练，是想调剂一下紧张的学习气氛。我觉得每次训练出汗以后，人也会精神一点，老是坐在书桌前，时间久了也不舒服。

蔡教练对我说："这样吧，你最近都在复习功课，就不要按原来的计划训练了。我教你一招新的招式，就算帮助你轻松轻松。"

蔡教练搬来了一块垫子，脱掉了眼镜，对我说道："看好了哦。"说完就头部向下，两脚前后错开，一蹬腿，向前翻滚了出去，然后伸出右脚，笔直笔直地踢了出去。再顺着惯性，轻松地站立了起来。

舍身技！我在成年组的比赛中看到过，这可是绝杀技啊！

蔡教练说："这个动作先讲清楚，首先必须在教练在场的情况下才能练习，否则容易把脖子扭伤。还有就是不能急于求成，一定要在翻滚动作已经完全熟练的情况下才能再进行踢腿的练习，你今天就先练习翻滚和顺势的站立，就当是翻跟斗玩吧。"

真是没想到，蔡教练会教我这招，我开心极了。连忙说："我先试着来几下行吗？然后再一步步练。"

蔡教练说了一声"好"，然后站在垫子边上，伸开两手，保护状地让我试试。

我一个蹬脚，迅速地向前翻出，右脚弯曲着收拢，这是准备站立时好伸开来的，然后左腿挺直了向前用力踢出。

蔡教练笑着对我说："没想到你翻跟斗还挺熟练，不错，不错。"

接着，就开始给我讲解这个动作的特点，他说："这个动作就是通过翻滚，自己把自己颠倒过来，让脚达到头部的高度以后去劈打对手，明白吗？"

"但是这个动作不能多用，很耗自己的体力，所以这个动作往往作为最后一击的时候使用，平时没必要。但是一旦击中的话，肯定是重创对手，所以你们少年选手都很少用，没必要。"蔡教练在给我讲道理。

"今天你就当放松训练，先做翻滚练习，记住，没有我的允许，不能自己练哦！"

我在垫子上开始翻滚了起来，一次，两次，三次……

这是在训练，还是在玩？我也搞不清。

93　一条短信

今天放学回家的时候，妈妈的手机收到了一条短信，是我被世界外国语中学录取的通知短信。

因为妈妈在开车，所以我读给她听的时候，她还有点不太相信。她就是这样，前两天我去自主招生考试，走出考场的时候，我跟她说我考得感觉还可以，好多别人答不出的题我都答出了，她也不相信。就算我一道道题目像围棋复盘一样再讲给她听，她也是说"那还有其他题目呢"之类的话。

还好，前面红灯了，妈妈急忙抓起手机自己看了一下，这下总算相信了。

"哇，真的哦！"妈妈说过这声之后开始笑了，这笑容，一年多没见过了，太舒展了，太漂亮了。

我相信这个时候，如果把车子换成飞机，她也会开的。

"发榜了，这下总算放心了……"妈妈过了一会儿总算开始说话了。

这时，我唯一想的就是：今晚不想做功课了，我想舒舒服服地去道场，打一场自由的拳。

道场里的沙袋依旧直挺挺地挂着，我用出了浑身的力量打了上去，左右开弓也好，上下翻飞也好，反正我像疯了一样招呼着沙袋。

蔡教练也很高兴，说："恭喜你完成了2015年的第一个任务！"

"放心，下一个任务我也一定会完成的！"没等蔡教练说完，我就迫不及待地说了出来。

今天的训练效果很好。蔡教练说："虽然你前段时间没怎么练，刚才上半场训练还有一点粗糙，但后半场时间明显恢复过来了，不错，不错！"

离开道场的时候，我对妈妈说："要不我们不急着回家，开车去兜一圈吧，我想去看看外滩，看看陆家嘴行吗？"

上海的夜景真美。

94　毕业典礼

五年的小学生活结束了，今天是毕业典礼。

我感觉还真是有点像做梦一样。五年的时间不短，怎么说结束就结束了呢。

黄晓芳老师、Button 老师、董芸老师、沃唯一老师，还有很多教过我们美术、体育、音乐的老师们，我感觉像是昨天还在听着她们上课，而今天就要毕业了。

毕业典礼很热闹，很开心。拍照留念，活动演出，大家说说笑笑快乐极了，这种欢笑跟以前也不一样，我的感觉就是笑完之后再也不用担心老师会在事后又给我们布置作业了，也不用担心活动搞到一半的时候，哪个老师又把哪个同学单独喊出来，说是作业要订正，试卷要再做之类的话了。这应该叫释放吧？

滕平校长的讲话比以前更有水平了，一直在帮助我们回忆五年的欢乐时光，一直在鼓励我们上了中学以后要更加努力刻苦地学习，一直在祝福我们今后能取得更好的成绩。

我感觉毕业典礼的活动有点像 Party。

董老师又来找我说话了："到了中学以后要卖力一点哦，不要再耍小聪明了哦,做题目看看清楚,不要"投五投六"(上海话,就是急匆匆没看清的意思)哦,老师要看到你今后数学竞赛的奖状,像你的空手道奖杯一样多!"

天气有点热,董老师的话有点让人出汗,哈哈!

同学们一个个都欢笑着。一会儿你抱抱我,一会儿我抱抱你。没有人再提什么时候交作业,什么时候开班会之类的话题了。

毕业了,真好!

95　麻省理工草坪上的"观空"

放暑假了，到美国玩一圈。

这次来美国玩，跟以前的几次有点不一样。没有海洋和沙滩，也不再去好莱坞了。

这次感觉像是来学习的，跑来跑去的地方，不是耶鲁就是哈佛，不是哥伦比亚大学就是麻省理工学院。

我感觉这又是几个同学的妈妈们制订的计划。她们可真是厉害，只要聚在一起，就是讨论我们的问题。吃什么，玩什么，学什么，只要是关于我们的，她们就有的谈。

幼儿园的时候谈小学，小学的时候谈中学，现在开始又在谈大学了。

我没觉得耶鲁、哈佛的校园和斯坦福、加州理工的有什么太大的区别。不过，麻省理工的伙食不错，很合我的口味。

吃饱喝足了，我突然向在座的妈妈们问了个问题："麻省理工有空手道吗？"

小柳的妈妈回答说："应该有的吧，麻省理工的体育社团一大堆呢，连各种冷门的小众运动都有，别说空手道了。"

我的精神一下子就上来了。"去找一下那个社团，我跟他们聊聊"的想法让我迫不及待地站起来，也不管大家有没有吃完了。

逛了一大圈，问了好多人，都说不清楚。我有点失望了。

小柳同学说："这是理工学院，又不是体育学院，找不到就别找了吧。"

就在我垂头丧气的时候，当地的姜叔叔对我说："如果真的没有的话，那也应该是好事情，这样你就有机会来这里创立一个空手道社团了，这不是很好吗？"

接着他又补充道："美国的大学是很鼓励学生的创造能力的，不管是学科还是体育社团。"

这时真的吗？我没听错吧。

小柳妈妈听完后笑着对我说："这样，你现在就在校园里打一遍空手道，麻省理工不就有空手道了吗？别找了，空手道就在眼前！"

妈妈们跟着都说："好，就这么定了，来，开始！"

不会吧。

看我还没反应过来，她们又"刺激"我："大方点，怕什么，创造者的勇气拿出来！"

大家你一言我一语的，把我心里的一点害羞的感觉一会儿就驱散得干干净净。

打就打。于是，我整理了一下表情，傻笑两下之后，就打出了一套空手道的高级套路"观空"。

打完后，大家都为我鼓掌。姜叔叔用不太流利的中文一本正经地说道："今天是个美好的日子，一位中国的空手道少年，在麻省理工的草坪上留下了'观空'！"

大家又鼓掌了。

96 第一和第三

2015年中国全接触空手道锦标赛在湖北宜昌开战了。

之前蔡教练问过我："你报名几个项目啊？"我说当然是两项了。他说："报两项的话，赛程有点紧，有点累，你要有心理准备哦！"

"没问题，我可以的！"我很坚决地回答道。

从上海开往宜昌的高铁，载着我们道场去参赛的队员们一路欢快地飞奔着，气氛很轻松，我感觉这更像是一场旅游。

到达湖北，赛事组委会还特意安排了一天的时间，让我们这些从全国各地来的队员们长江观光一日游。这下还真是旅游了。

比赛开始了，首先是型手的比赛。

我参加的是高级别组的比赛，这个组别里都是绿带以上级别的选手。第一轮和我对阵的是一位褐带一杠的选手，和我级别一样！胖乎乎的样子，皮肤也很黑，来自河南。我表现得很轻松，不再去想对手的事情。起手、出拳、踢腿、转身，每一个动作我都自信满满地展开来。

今天没有成年组的比赛，当时场上又都是型手比赛，所以我们高级别组的比赛吸引了很多观众来观看，看台上人都坐满了，但好像更多的观众是在为对手加油。

我也不管观众的喊声，尽情施展开我的拳脚，把每一个衔接做到完美。

收拳，行礼。场上四角边裁一致把旗帜挥向我这边，主裁判随后也挥手指向了我这边，我顺利赢下第一场。

第二轮和我对阵的也是一位褐带一杠的选手，比刚才的对手还要胖，但看上去很结实，比我们道场里的宋师兄要壮实。我同样也没去想任何事情，只管打好每一拳。慢慢地，我感觉到空气也开始随着我的拳脚在流动了。不出所料，裁判的手势又一致挥向了我。

候场休息的时候，高教练让我喝了一口水，就给我讲了一句话："很好，再稳一点，再慢一点。"

几轮下来，我开始发现我的状态有越来越舒服的感觉。这种感觉让我在半决赛中显得很轻松，也很顺利地赢下对手。

决赛开始，高教练笑着对我讲："深呼吸，记住要心意合一，试着去享受比赛，别急！"

我不急，一拳一拳慢慢来，型手的比赛，蔡教练以前也给我讲过，是要把拳的路线交代清楚，要学会用眼神去解释你的拳。

对手比我高出大半个头，换气时的出声也比我响亮多了，但是好像有点急了，我感觉到了。

我把快慢轻重的节奏顺畅地施展了出来，感觉比训练的时候还好。我相信我会赢，高教练以前说过，只要我不出差错，就没人能赢我。

吐气，收拳，行礼。四位边裁"唰"的一下，把手中的白旗高高举起，那是代表我这一方的色彩，主裁判手臂随即挥向了我。

我赢了，我又拿到了型手的全国冠军！

高教练又笑了，这次笑得连眼睛都看不到了，只有两条线了。

空手道的比赛，对于型手、组手两手一把抓的选手来讲，体力消耗总要比只参加一项比赛的选手来得大，很吃亏。但也正是这种吃亏，才能锻炼出真正的强者。历来成为空手道大师的人，都是如此。我想试着挑战我自己。

　　组手比赛开始了。

　　前面几轮，没有什么悬念。我尽量保存我的体力，用我的技术去克制对手，一直打进了半决赛。

　　半决赛对手的力量确实厉害，身体比我大出了一大圈，想要爆对手的头就必须跳起来。可对手的防守做得是真不错，进攻时的力量也大，我知道这下我麻烦了。但是没有退路，只有拼！

　　我还是输掉了比赛，四角边裁举起示意二比二，但主裁判的手挥向了对方。

　　像上次一样，谁都没有有效得分，但对方的进攻优势占上风。

　　"打得不错的，对手明显比你大一圈，确实很难打，你的表现真的很好，所以两位边裁都认定你的动作占优呢……"高教练在安慰我，但是输了就是输了，安慰的话不重要了。

　　最后，我拿下了组手的季军，也是这次比赛中唯一参加两手比赛都获奖牌的选手。

97　最后一次集训

比赛结束没几天，就又来训练了。

今天是黑带考核之前的最后一次训练了。

我一早就按照规定的时间来到了麦多道场，大师兄们已经开始热身，等待蔡教练的到来。

三十九套套路慢慢地打完，都快中午了。蔡教练给我们每一个队员都作了认真的纠正，因为已经准备了好久了，所以大家差不多都没什么大问题。

蔡教练一边给我们纠正，一边笑着说："作为考核标准呢，我觉得你们这些动作还算可以的，但是如果去比赛的话，估计都进不了前三名。好在考核呢，是考你们的全面，也不是特别强调高度的精准。不过我希望你们还是要多练，否则以后腰上绑的是黑带，结果打出来的拳像鬼一样，自己好意思吗？"

虽然蔡教练是笑着说的，结果还是把几个大师兄说得有点不好意思。

中午休息的时候，大家说说笑笑，不知道情况的人还以为我们在休假聚餐，享受周末的美好时光呢。

组手训练之前，蔡教练对我说："要面对十个对手的实战，对于少年选手来说确实难度很大，所以希望你记住，体力的平均分配是关键，考核不是训练，也不像比赛，没有休息时间的。你在做动作进攻的时候，必须注意轻重之间的交换，快慢之间的节奏，否则肯定会受不了，别到时脱了力之后防守的力气都没有了，那时，就算一个对手赢不了你，下一个对手也会 KO 掉你。"

　　一个下午，我和这些大师兄们都在不停地对练，有时像仇人一样在厮杀，有时像兄弟一样在推攘，有时又像跳舞一样在脚发飘。但不管我们像什么，我们都有一股勇气去坚持下来。

　　我们知道，训练的时候能扛下二十个对手，才有可能在考核中拼下十个对手。

　　训练结束，当蔡教练问我们有没有信心的时候，大家的回答很响亮："有信心！"

　　没想到蔡教练摇了摇头，笑着说："还有这么多力气啊，看来刚才训练又在偷懒了。"

　　蔡教练啊蔡教练，你怎么能这样说呢？

　　大家躺在地上，休息了好一阵子，才有人开始换衣服，陆陆续续地离开道场。

　　累坏了。

98 开心的日子

当考官宣布我顺利通过考核的时候,我一屁股坐在地上,顺势躺倒了。

大师兄们发出"哦、哦"的叹息声,一副副都要挂掉的样子。

但是,我们的心里都开心极了。这种开心,我没有能力用语言来表达,我只想说一句话,那就是:

练过了,你就知道了!

99 授予证书和黑带

今天,从国际空手道联盟总部寄出的证书和腰带送到了上海,送到了初心会馆蔡子龙馆长的手中。

我被正式授予国际空手道联盟黑带初段的段位,黑色的腰带上不仅仅有联盟的标识,还有我张逸坤的名字。

这不是结束,这只是开始,我才 11 岁。

让我们一起在新的征途中前进!

OSU!

跋

这部书稿写了好多年了,是由我平时的日记整理而成的。

我清楚地记得刚开始写日记的时候,好多字都不会写,有些心里想说的话也没有水平用文字表达出来。好在,我一步一步坚持了下来,靠的是我的老师们和爸爸妈妈的教导和鼓励我。我的成长离不开他们的爱心奉献,我想从我的内心深处对他们说一声"谢谢"!

书稿中讲述的每一个故事,都离不开我的空手道教练们的辛勤付出,他们不仅教会了我打拳的技术,更可贵的是让我明白了自强不息、永不放弃的精神,他们让我明白了一个男子汉应有的担当、肩膀上的责任、荣誉的可贵。

我要诚挚地感谢蔡子龙、居剑锋、高旭凌、陈龙等教练们的指导和帮助,接受他们的训练,不仅让我的体格强壮,也让我的内心充满了澎湃的力量,我想在这里以空手道的跪礼方式向各位教练员说声谢谢,道一声"OSU!"

六年来,我的艰苦和欢乐一直都与道场的师兄弟、师姐妹们息息相关,他们是大师兄杭天行、陆稼铭,师姐吴安琪,师弟徐世豪、王风逸、李文康、郑民哲，苗瀚兴、师妹张耀文、丁燕姿等。在道场里的每一滴汗水，每一次欢笑，使我们亲如兄弟姐妹，我们是一个大家庭。

谢谢国际空手道联盟总裁松岛良一先生，做一个对世界和平有所贡献的人，您的教导我记下了。

谢谢复旦大学博士生导师杜宇教授的指导和帮助，打拳并不意味着放松学习，相反，我会用武道之精神去刻苦学习，成为一个像您一样博学的人。

谢谢北京大学徐音老师的支持和鼓励！

谢谢朱祉彦姐姐的漫画设计，你把我整得太帅了，害羞！

谢谢大家！